詩 | Poetry Construction
建设

4

2012.02 总第四期

作家出版社

《道》68X50cm 戴少龙 画

目 录 CONTENTS

跨界

笔记

细读

建设

翻译

開卷
DECOIL

詩 | 建设 Poetry Construction

柏桦

　　1956 年 1 月生于重庆,1982 年毕业于广州外国语学院英语系。1985 年创办民间诗刊《日日新》。1986 年考取四川大学中文系研究生,1987 年自动退学,1988 年 8 月赴南京农业大学教授英文。1992 年自愿辞职。2004 年 2 月,调入西南交通大学艺术与传播学院任教授至今。出版有诗集《表达》(1988 年)、《望气的人》(1999 年)、《往事》(2002 年)、《水绘仙侣——1642—1651:冒辟疆与董小宛》(2008 年)、《山水手记》(2001 年),诗文集《今天的激情——柏桦十年文选》(2006 年)、《演春与种梨:柏桦诗文集 1979——2009》(2009 年),诗论集《地下的光脉》(1999 年)、《另类说唐诗》(2002 年)、《左边:毛泽东时代的抒情诗人》(2001 年)、《日日新:我的唐诗生活与阅读》(2001 年)。

柏桦新作（8首）

1941：基辅之春

她走来，递给我一本命运之书
一颗春星——映亮我左手中指的银戒

无名指上的小银鱼呀，你已失踪多日
突然，我寂寞的生活被另一片银色打断

宴席在晴朗的深夜进行
天地翻覆，那白银晃动，美拘谨着……

幻觉中的魔法呢——我在变……
哦，不，她在变？

看，早春从他的指尖逝去
看，我们越大胆就越美丽

当一个化学教授的女儿追上了渡江的晚云
当拂晓即将来临并原谅了一位诗人

高烧退去；此刻，我要，我要：
我要唤回你中学时代的性感！

2010.4.30

忆江南：给张枣

江风引雨，①春偎楼头，暗点检②
这是我病酒③后的第二日

我的俊友，来，让我们再玩一会儿
那失传的小弓和掩韵④

之后，便忘了吧
今年春事寂寂，晚来燕三两只

"我欲归去，我欲归去。"⑤

不要起身告别，我的俊友
这深奥的学问需要我们一生来学习⑥

就把那马儿系于垂柳边缘⑦
就把那镜中的生涯说说⑧

是的，我还记得你——
昨夜灯下醑饮的样子，富丽而悠长

"我欲归去，我欲归去。"

不！请听，我正回忆到这一节：
另一位隔江人在黎明的雨声中梳洗……⑨

注：
①出自王昌龄《送魏二》一句："江风引雨入船凉"。
②"暗点检"出自吴文英《莺啼序·残寒正欺病酒》。
③同上。
④"小弓"乃大弓的对称，不是正式的武器，只用于游戏，定制二尺

八寸,步垛距离以四丈五尺为准。"掩韵"亦古时游戏之一种,取诗中句子,掩藏其叶韵的一字,令人猜测,以早猜中者为胜。

⑤读者需注意:此句乃我虚拟的张枣的声音,即张枣在此开口说话了。另,此句亦出自陶潜名句"归去来兮,田园将芜胡不归!"当然也出自苏轼的流行调《水调歌头》中一句"我欲乘风归去"。

⑥里尔克(Maria Rilke)有一个观点,即他认为人的一生中最难掌握的一门学问就是"告别"。我们该如何向亲人、情人或朋友告别呢?里尔克用他的一生在学习这门告别的学问。之后,曼德尔斯塔姆(Osip Mandelstam)在其一首诗中亦唱道:"I have to study the science of good-bye."翻译过来,便是:"我得学习告别的学问。"那"学问"对一位艺术家来说,可是了不得的"科学"(science)呢。顺便简说二句,中国人也有自己一套告别的学问,如庄子"鼓盆而歌"及陶潜的"托体同山阿";而日本人则有"一期一会"呢。

⑦化用王维《少年行》中末句"系马高楼垂柳边"。也顺手借自张枣《镜中》一句"不如看她骑马归来"。

⑧此句一看便知,是说张枣"镜中"般的青春形象。但也另有一个出处:"万事销身外,生涯在镜中。唯将两鬓雪,明日对秋风。"([唐]李益:《立秋前一日览镜》)

⑨此句化用吴文英《踏莎行》中一句"隔江人在雨声中"。

2010.5.4

重庆十五中学的回忆

四十年前一个雨天的正午
一位山间邮局的职员刚喝到脸红
我惊讶于(并羡慕)这无事人。
多年后,你开口了:
无处不是诗呀,当黑树的影子
乘着重庆街灯下的微风回旋。

依旧是四十年前一个秋天的傍晚
突然,那眼睛发亮的历史老师

写下一个让我产生幻觉的形容词。
唉，这痛苦的初中！他甚至说：
"诗歌是最低级的知识，
仅靠臆想来表现。"

如今，这些人的骨灰早已星散
唯有操场旁的厕所还在；
那古老尿槽里桉树叶的气味
仍是那么幽凉而肃静。
为什么，为什么笑不能是一件好事？
"它是真理的媒介，也是哲人的良心。"

不对吗？看，今天你就大笑着说：
"铁风！铁风！"

2010.7.18

高山与流水

> 古有庾信《枯树赋》："昔年种柳，依依汉南；今看摇落，凄怆江潭；树犹如此，人何以堪！"今有丰子恺画作"草草杯盘供语笑，昏昏灯火话平生。"（出自王荆公《示长安君》）
> ——题记

年轻时，他喜欢在清晨的小窗前朗读《斯巴达克斯》；
晚间，他最乐意当众背诵阿尔巴尼亚电影的台词。
现在，他已快到退休年龄了
一生的工作即将在邮局的分件科结束。

接下来，理所当然，他开始了长时间的怀旧
其中的知青岁月最是令他难忘……
每每忆起，他都会激动地说：
真是美呀！我天天有使不完的力气！

唉，唯一的欠陷就是那日出而作后的寂寞
当天将息了，可交谈呢？
我知道交谈需要天赋，这至乐只能偶逢
但我有一个这样的朋友，只可惜他住得太远。

那一年春节，他决定徒步去见那交谈者
从当日上午出发，直走到深夜，黑暗是如此令人颤栗，
他在恐惧中胸怀青春的兴奋飞快地朝前奔呀，
"快了，快了，一百里不算什么。"他默念着这口诀

如今，每当酒后，他就反复忆起那次长途远行的情景
——拂晓时分，乡村生活的美仿佛是头一次向他打开：
竹林、溪流、房舍、炊烟，慷慨的宁静似从未遇见
而我终于抵达！我终于走过了人生多少艰难……

2010.8.5

黄山二日

你连续两天在黄山
在生活年轻的日子里

一个诗人的身体受尽虐待
他甚至从风景中滚下来

喏，集权的两小时
令人晕厥的两小时

那首歌唱完它平淡的复杂性
而老年的园艺学绝不在黄山

写于 1990.12.11，改于 2010.8.6

在破山寺禅院

夫天地者，万物之逆旅也；光阴者，百代之过客也。而浮生若
梦，为欢几何？
——李白：《春夜宴从弟桃花园序》

"我们是否真的生活过？"
他在破山寺禅院内独步、想着……
一阵凉风吹来，这轻于晨星下的风
令他不寒而栗，他默念出一句长调：
寿命尚如风前之灯烛，匆匆春已归去
听杜鹃声过，鱼儿落泪，
我的俊友，已向那白鹤借来了羽毛。

你黎明即起的身姿真温暖如画，
早酒后，你的醉态亦是忘忧的，
喃喃道：昨夜那盏灯太亮了，照得人羞涩
昨夜还有一个女人在山石旁望月，不吉。
而屋角嫩寒的米缸上铺有一张白纸
写来白居易二行诗句
"琴诗酒友皆抛我，雪月花时最忆君。"

这时，院中的诵经声相和起流水声
交响入耳，令人思睡。恍惚间
你看见一个僧人走过水中的石桥
身影没入杂树的浓荫。你不禁轻叹：
真从容高贵呢。后面的人该怎样看我？
接着你又想起紫式部的一句话
"大凡相貌好的人，偶尔的时候，会展现最高的美。"

"我们是否真的生活过？"
他在破山寺禅院内独步、想着……
佛陀的兴起是出于汉人高度的敏感性？
而禅的独创性，则使我们终于不同。你看，

只有我们才宜于白药、藿香正气水、万金油。
那还有什么不能让你心安且放下呢？"是的，
我决定按自己的心意度过这无常的浮生。"

2010.8.16

礼 物

　　《礼物》是我俄语小说中最长、最好、最怀旧的一部。……这本
小说只有背景可以说是包含着某些传记笔触。还有一件让我高兴
的东西：也许我最喜欢的一首俄语诗——是我给书中主人公的那
首。……我解释一下吧：这涉及书中两个人，一个男孩，一个女孩，
他们站在桥上，夕阳映在水中，燕子低飞过桥头；男孩转身对女孩
说："告诉我，你会永远记住那只燕子吗？——不是随便什么燕子，
不是那儿的那些燕子，而是迅速飞过的那只燕子？"女孩说："当然
我会永远记住。"（纳博科夫：《固执己见》，时代文艺出版社，1998，
第15—16页）

大雨中，她打开印刷厂的铁门
冲进社会主义排版室
查对契诃夫选集中的一句原文。或许，
"锈渍斑斑的窗外飞着燕子"

字已用完，在这个冬日，
你想到另一个故事的一些关键词：
饥饿、方便面、青春以及为难；
他被一个非势利但不老练的诗人拒绝。

冬日！她家的热汤，我们短暂的欢乐，
一个人哭了，他想过神的生活？
在明亮的灯光和玻璃桌前
（她是那样喜欢明亮和玻璃）

他俩仿佛在沉思

他俩并不知道时间已接近尾声
"处女星已经回来。"
现在已到了她为我们说出谶语的时刻了

2010.10.5

黎　明

如果注定有一本书我永不打开
我便回到我八岁时的黎明

记忆，在年轻的翅膀下
飞入英俊的老年。南方

——看，重庆的市街！
它早已丈量出我命运的身体

诗？时间？不死？
危险！朝向我小学的往昔

是的，我得到了这个黎明
就这样：

我爱上了一位老师
爱上了一位母亲般的少女

2011.1.30

柏桦早期代表作(9首)

夏天还很远

一日逝去又一日
某种东西暗中接近你
坐一坐,走一走
看树叶落了
看小雨下了
看一个人沿街而过
夏天还很远

真快呀,一出生就消失
所有的善在十月的夜晚进来
太美,全不察觉
巨大的宁静如你干净的布鞋
在床边,往事依稀、温婉
如一只旧盒子
一个褪色的书签
夏天还很远

偶然遇见,可能想不起
外面有一点冷

左手也疲倦
暗地里一直往左边
偏僻又深入
那唯一痴痴的挂念
夏天还很远

再不了,动辄发脾气,动辄热爱
拾起从前的坏习惯
灰心年复一年
小竹楼、白衬衫
你是不是正当年?
难得下一次决心
夏天还很远

1984 冬

望气的人

望气的人行色匆匆
登高眺远
眼中沉沉的暮霭
长出黄金、几何与宫殿

穷巷西风突变
一个英雄正动身去千里之外
望气的人看到了
他激动的草鞋和布衫

更远的山谷浑然
零落的钟声依稀可闻
两个儿童打扫着亭台
望气的人坐对空寂的傍晚

吉祥之云宽大
一个干枯的导师沉默

独自在吐火、炼丹
望气的人看穿了石头里的图案

乡间的日子风调雨顺
菜田一畦,流水一涧
这边青翠未改
望气的人已走上了另一座山巅

1986 暮春

在清朝

在清朝
安闲和理想越来越深
牛羊无事,百姓下棋
科举也大公无私
货币两地不同
有时还用谷物兑换
茶叶、丝、瓷器

在清朝
山水画臻于完美
纸张泛滥,风筝遍地
灯笼得了要领
一座座庙宇向南
财富似乎过分

在清朝
诗人不事营生、爱面子
饮酒落花,风和日丽
池塘的水很肥
二只鸭子迎风游泳
风马牛不相及

在清朝
一个人梦见一个人
夜读太史公，清晨扫地
而朝廷增设军机处
每年选拔长指甲的官吏

在清朝
多胡须和无胡须的人
严于身教，不苟言谈
农村人不愿认字
孩子们敬老
母亲屈从于儿子

在清朝
用款税激励人民
办水利、办学校、办祠堂
编印书籍、整理地方志
建筑弄得古香古色

在清朝
哲学如雨，科学不能适应
有一个人朝三暮四
无端端地着急
愤怒成为他毕生的事业
他于一八四二年死去
                         1986

往　事

这些无辜的使者
她们平凡地穿着夏天的衣服
坐在这里，我的身旁
向我微笑

向我微露老年的害羞的乳房

那曾经多么热烈的旅途
那无知的疲乏
都停在这陌生的一刻
这善意的，令人哭泣的一刻

老年，如此多的鞠躬
本地普通话（是否必要呢？）
温柔的色情的假牙
一腔烈火

我已集中精力看到了
中午的清风
它吹拂相遇的眼神
这伤感
这坦开的仁慈
这纯属旧时代的风流韵事

啊，这些无辜的使者
她们频频走动
悄悄扣门
满怀恋爱和敬仰
来到我经历太少的人生

1988.10

回 忆

我在初春的阳台上回忆
一九八六年春夜
我和你漫步这幽静的街头
直到天色将明

我在幻想着未来吧
我在对你读一首诗吧
我松开的发辫显得多无力
风吹热我惊慌的脸庞
这脸，这微倦的暖人风光

回忆中无用的白银啊
轻柔的无辜的命运啊
这又一年白色的春夜
我决定自暴自弃
我决定远走他乡

1989.3

献给曼杰斯塔姆^①

那个生活在神经里的人
害怕什么呢？
害怕赤身裸体的纯洁？
不！害怕声音
那甩掉了思想的声音

我梦想中的诗人
穿过太重的北方
穿过瘦弱的幻觉的童年
你难免来到人间

今天，我承担你怪僻的一天
今天，我承担你天真的一天
今天，我突出你的悲剧

沉默在指明
诗篇在心跳、在怜惜
无辜的舌头染上语言

这也是我记忆中的某一天

牛已经停止耕耘
镰刀已放弃亡命
风正屏住呼吸
啊,寒冷,你在加紧运送冬天

焦急的莫斯科
你握紧了动人的肺腑
迎着漫天雪花、翘首以待
啊,你看,他来了
我们诗人中最可泣的亡魂!
他正朝我走来

我开始属于这儿
我开始钻进你的形体
我开始代替你残酷的天堂
我,一个外来的长不大的孩子
对于这一切
路边的群众只能更孤单

注①:曼杰斯塔姆是已逝的前苏联诗人。

1987.11

夏日读诗人传记

这哲学令我羞愧
他期望太高
两次打算放弃
不!两次打算去死
漫长的三个月是他沉沦的三个月
我漫长的痛苦跟随他
从北京直到重庆

整整三个月，云游的小孤儿
暗中要成为大诗人
他的童年已经结束
他已经十六岁
他反复说
"要么为自己牺牲自己
要么为别人而活着。"
这哲学令我羞愧

他表达的速度太快了
我无法跟上这意义
短暂的夏日翻过第八十九页
瞧，他孤单的颈子开始发炎
在意义中，也在激情中发炎
并在继续下去
这哲学令我羞愧

再瞧，他的身子
多敏感，多难看
太小了，太瘦了
嘴角太平凡了
只有狡黠的眼神肯定了他的力量
但这是不幸的力量
这哲学令我羞愧

其中还有一些绝望的细节
无人问津的两三个细节
梦游的两三个细节
竖着指头的两三个细节
由于一句话而自杀的细节
那是十八岁的一个细节
这唯一的哲学令我羞愧

1989 冬

现 实

这是温和,不是温和的修辞学
这是厌烦,厌烦本身

呵,前途、阅读、转身
一切都是慢的

长夜里,收割并非出自必要
长夜里,速度应该省掉

而冬天也可能正是春天
而鲁迅也可能正是林语堂

1990.12.11

以桦皮为衣的人

这是纤细的下午四点
他老了

秋天的九月,天高气清
厨房安静
他流下伤心的鼻血

他决定去五台山
那意思是不要捉死蛇
那意思是作诗:

"雪中狮子骑来看"

1990.12.11

氛围、事件、炼字

柏桦

1983年早春,我曾在重庆写下一段最初的诗歌创作谈,一晃,二十八年便成过去,如今再读,仍觉新鲜,并不过时,为此特别再次呈现于此,以作本文开篇引言:

诗和生命的节律一样在呼吸里自然形成。一当它形成某种氛围,文字就变得模糊并溶入某种气息或声音。此时,诗歌企图去作一次侥幸的超越,并借此接近自然的纯粹,但连最伟大的诗歌也很难抵达这种纯粹,所以它带给我们的欢乐是有限的,遗憾的。从这个意义上说诗是不能写的,只是我们在不得已的情况下动用了这种形式。

七年后,1990年,我在南京,又以讲述诗歌中的事件为题,再次更加细心地揭露了一个——我眼中的——诗人的创作之谜:

中国古代诗学中有一条广泛的原则,即"情景交融",字面意思是心情与风景交相混融,这句看似简单的话,其实包含了极为丰富的内容,古人对此最有体会,也运用得十分娴熟讲究。如果我们用现代汉语来翻译一下这四个字,就是一首诗应包涵着一个故事,这故事的组成就是事件(事件等于时间、地点、人物)。事件是任意的,它可以是一段个人生活经历,一个爱情插曲,一支心爱的圆珠笔由于损坏而用胶布缠起来,一副新眼镜所带来的喜悦,一片风景焕发的良久注目……总之,事件可以是大的,也可以是小的,可以是道德的、非道德的,可以是情感的、非情感的、甚至荒诞的。这些由事件组成的生活之流就是诗歌之流,也是一首诗的核心,一首诗成功的秘密。

就我而言,我每一首诗都是由事件所引发的感受写成的,而这感受总是指向或必须落到一个实处(景),之后,它当然也会带来遐想或飞升(情),这实处就是每一具体的诗都有一具体的事件。这事件本可以成为一部长篇小说,或一个长长的故事(如果口述,或许是两个小时的故事),但情况相反,它是一首诗,一首二十或三十行的诗,更有甚者,有时竟是短短的几行。诗歌中的事件之于我往往是在记忆中形成的。它在某个不期而遇的时刻触动我,接着推动我追忆相关的过去的一个事件,并使一个或多个事件连成一片,相互印证、说明、肯定或否定,从中一首诗开始了它成长的轨迹以及必然形成的命运。换句话说,这些经年历月在内心深处培养出来的一个一个的故事,它们已各就各位,跃跃欲试,一吐为快。它们通过一首首诗歌讲述给读者听,也讲述给自己听。为此,它们试图解释或提问了生活,解释或提问了某种人格类型,也解释或提问了时光流逝的特定意义。毋庸怀疑,我所有的诗都是从此出发的。下面,我先举一首古诗为例来具体说明事件在诗歌中的重要性。

菩萨蛮(李煜)

花明月暗笼轻雾,
今宵好向郎边去。
刬袜步香阶,
手提金缕鞋。

画堂南畔见,
一向偎人颤。
奴为出来难,
教君姿意怜。

读者一读便知,这首诗有着完整的时间、地点、人物,说的是一个男女幽会的故事。对于这个故事勿需作散文化的解释了,仅指出一点:这首仅八行的小诗,却容纳了一部小说或一部电影的长度,人物内心活动的复杂微妙尽在其中,目的指向也一清二白,由此可见作者的艺术手腕,真是足以令我辈诗人惊出一身冷汗的。另,从此诗的故事性及其精细传神的行动感也可见其戏剧化的运用十分到位(诗中人物的动作犹如戏剧演员在舞台上的表演)。

从某种角度说戏剧化是现代诗的一个重要技术,艾略特曾在《诗的三种声音》一文中把诗的声音分为三类:"第一种声音是对诗人自己或不对任何人讲话。第二种声音是对一个或一群听众发言。第三种声音是诗人创造一个戏剧的角色,他不以他自己的身份说话,而是按照虚构出来的角色对另一个虚构出来的角色说他能说的话。"这里的第三种声音就是说到了现代诗与浪漫主义的本质区别,诗歌中的"我"不必时时处处都要出场,尤其忌讳无休止的我!我!我!我要隐藏,要分别戴上面具扮演不同的角色,即它要求诗人应分身去成为戏剧演出中的各个角色,诗人这个主体随之仅成为一个隐蔽的多声部的交响乐指挥家。按卞之琳的说法,即我国旧说的意境(恰如这首《菩萨蛮》,又可见戏剧化并非现代诗的专利),也可以是小说化、非个人化。关于非个人化,我在此用最简单的话解释一下:一个人总不能在诗中老这么说,我寂寞呀,我痛苦呀……他会借一个东西来说这些,如借一杯子,一桌子或一件事情。总之要去找你情感的客观对应物来说。这就是非个人化。犹如本诗中,作者通过描写那娇嫩女人所思所行之事来说她内心的情感(刬袜步香阶,手提金缕鞋),而不明说什么我爱你这些空话、套话,作者的自我是藏起来的,他只借一个虚构出来的角色说她能说的话。再稍微说开一点,诗人运用各种戏剧化的好处是他可以将诗写得不是太像诗,口语、书面语、俚语、雅语、插科打浑、叙事、谈话、抒情、政论等各种书写样式都可以相机入诗。为此,诗人可从容出入于这一文本空间,做到最大限度的客观性、间接性与多样性。

此诗就简说到这里,下面转谈我写的一首诗。

往事

这些无辜的使者
她们平凡地穿着夏天的衣服
坐在这里,我的身旁
向我微笑
向我微露老年的害羞的乳房

那曾经多么热烈的旅途
那无知的疲乏
都停在这陌生的一刻
这善意的,令人哭泣的一刻

老年,如此多的鞠躬
本地普通话(是否必要呢?)
温柔的色情的假牙

一腔烈火

我已集中精力看到了
中午的清风
它吹拂相遇的眼神
这伤感
这坦开的仁慈
这纯属旧时代的风流韵事

啊,这些无辜的使者
她们频频走动
悄悄叩门
满怀恋爱和敬仰
来到我经历太少的人生

《往事》是我 1988 年 8 月到南京后写的第一首诗。这首诗,熟悉我的读者可能会注意到它是我生活的写照(形式上对读者来说也是熟悉的),其中弥漫着南京的气味(也混合着重庆的气味),树木、草地、落日、湖水(尤指南京中山门外的前湖),江南游子、身世飘零……其间又夹着一点寂寞而又热烈的洋味。是我如此,还是南京如此,仿佛有某种命运的契合吧,二者在此恰好合而为一了。就在那一年,我经历了无数热烈的生活风波后,稍事休息,得以闲暇,写出《往事》,以此略表我在休息中对往事的一声叹息,也是从这一刻起,我开始步入诗歌的中年。

这首诗是一个虚构的故事,但它有一个幻觉般的出发点。如果要从故事内容上概括这首诗,要指出它究竟说明了什么?我想一般读者都读过司汤达的那本畅销小说《红与黑》吧。点明这部小说,就大致点明了此诗的主题。这首诗,其实质就是对这部小说的压缩,它把一个漫长的耐人寻味的故事压缩成短短的二十四行,仅以一个精炼的单独事件突显出来。这样说,是为了方便读者快速理解这首诗,更聪明的读者当然可以完全不买账,只按自己的思路去阅读。譬如你也可以读出下面一番意思:

假使她碰见了他,虽然她不再微笑了,
她显出的忧郁比她的微笑更为可爱,
仿佛她的心中蕴藏着千言万语

说不出来，却要把它们百般抚爱，
紧紧地压缩在她燃烧着的心底；
即使天真无邪也有不少的狡猾，
而且决不敢自己说出真话来，
爱情在年轻时期就学会了虚伪。
（拜伦：《唐璜》，上海译文出版社，1982年7月第2次印刷，第41页）

全诗并非复杂（形式），由两个主角在一个中午碰面（时间），在一间平凡的陈旧的房间（地点），一个少年，一个老年（人物）。在层层注视、对话、形象等细节的描写之后，在诗的最后一节，故事来到了一个幽会场面。我无法，也不想用散文语言来描述这个动人的故事。诗歌本身已足够让读者感到了。这感到的核心是基于对一个准确无误的事件的叙述。而这事件又上升为人类生活中某种普遍的事件，如这事件不具普遍性，就不会为读者所接受，就无意义，就不能成为诗歌中的事件，最多只是杂乱无章的闲谈，或私人怪僻的独白。当然诗歌中的事件是必具戏剧性的，因为诗总会要求并期待某种出人意外的东西。震惊效果与陌生化效果一样重要，二者不可或缺。

就我个人写诗多年经验，一首诗的成败全在于事件的运用，在于情景交融是否天然，故事是否完整，叙述的角度是否巧妙。一首失败的诗往往是场景混乱的诗，一篇有头无尾的故事，一个不知所云又一团乱麻的事件。失败的诗往往每一行都是一个断句，彼此毫无联系。而一首好诗从头至尾仿佛就是一句话，而一句话已说清了整个事情。

最后，我欲从我如下一行诗的几个汉字地名的选择，来略谈诗歌写作中的炼字问题。首先，请允许我暂时去掉"义"，因我以为美丽的汉字仅关乎形与音，而与义无涉，这样说，明眼人就知道，我感兴趣的是字的能指（signifier），不是其所指（signified）。当然，我又并非不知道"义"或"所指"所蕴涵的道德修养之意，但又请允许我以可以谅解的偏见不谈"义"吧。需知：汉字的音与形，尤其是形，已容涵了足够的义。

我这一行诗（出自《山水手记》）主要由三个词组成，"南京"、"汉城"、"名古屋"：

好听的地名是南京、汉城、名古屋。

以上七字（南京、汉城、名古屋）若分解来看亦是美的。至于它们如何美，又请恕我藏拙，因柏拉图说过："美是难的。"顺势而来，我只能说，美是一种直觉，是纯主观的东西，它没有道理可循，当然也就没有学理可究。美的感觉或感受千差万别、因人而异，它甚至是先验的，完全由一个人基因中某种怪癖的因子所决定。所以，当你认为这个汉字很美时，他却觉得很丑。譬如"癌"这个字，就有人觉得美，我的一个朋友给他的儿子取名字，就叫吴癌。而一般人就很怕这个字，认为它丑，是一个令人毛骨悚然的汉字。

再回到以上我所引的那一句诗，我要说，汉字之美虽可单独观赏，但我又以为美更是一种相互依靠的关系，即美是在关系之中，这才是汉诗炼字的关键；正是"南"与"京"、"汉"与"城"、"名"与"古"与"屋"的组合所构成的形与音的关系，才得出了这三个美丽的地名。写到这里，我又想到晚唐诗人陆龟蒙的一句诗："酒旗风影落春流"（陆龟蒙：《怀宛陵旧游》），此句由三个词（酒旗、风影、落春流）组成，一眼看去，堪称音、色、形俱佳，汉字之美在此飘飘欲出。又不禁让我感到（似乎是头一次感到）汉字竟如此美丽、神妙，仿佛汉字之美是从"酒旗"、"风影"、"春流"开始的。这几个词虽是从大处着笔（并不细腻）但却包含了唐诗的魅力以及唐人的大器。这句诗也使我想到俄国作家巴乌斯托夫斯基所言："许多俄国字本身就现出诗意，犹如宝石放射出神秘的闪光。"换句话说，陆龟蒙所写下的这七个字也正是在关系中——通过炼字，即配搭——表现出诗意的，但它们并不像宝石放射出神秘的闪光，而是像一幅清雅的水墨画，为我们传达出一种欲说还休的气氛与意境。汉字的轻重缓急，声音与色彩从来是在匹配中才可达至妙不可言的仙境，并带给人"出其不意、羚羊挂角"的亲和力。

当然，常常一个汉字无论美丑，倘若搭配得当，都会让人产生一种焕然一新的美。又为此，我又要说：在大多数情况下，不是一个字，而是一个词，才能形成美的最基本的质素。那么一个字能美吗？在此，让我放胆说出来吧，能！且看如下四字：

春、夏、秋、冬

就是这四个字，我认为它们是所有汉字中最美丽的，它们不仅最为形象地代表了任何一个汉人的生命历程（人之一生，春夏秋冬），同时它们也从声音中传出了我们汉人共同的感慨（子在川上曰）："逝者如斯夫！不舍昼夜。"

2011.6.26 于成都交大北园

柏桦：倾颓之美

张光昕

1

共和国的颧骨，高傲的贫瘠，笨拙地混合着时代的忧伤——钟鸣用如此嘹亮的妙笔为他的好友柏桦奉献了最为震撼人心的描述。"笨拙"或许是钟鸣对他的一种隐晦的褒奖，因为在时代的忧伤面孔之下，我们需要这种"笨拙"的力量来揭示掩藏在身旁的未知世界。对于柏桦来说，"笨拙"意味与时代生活的格格不入，意味着负重般的踟蹰前行，意味着携带一点超然的迂腐，意味着写作上的节制和真诚。作为中国当代最优秀的抒情诗人之一，柏桦在他的《在清朝》中不动声色地描述了一种"越来越深"的"安闲和理想"："在清朝 / 一个人梦见一个人 / 夜读太史公，清晨扫地 / 而朝廷增设军机处 / 每年选拔长指甲的官吏"。据说，最初柏桦在原诗中试图表达为"安闲的理想"，欧阳江河把中间的"的"换成了"和"，这样就把"安闲"解放出来，提到了与"理想"并列的高度；在另一处，具有"左边"情结的柏桦，本来希望遵循马克思"上午从事生产，晚间从事批判"的理想训导，来上一句"夜读太史公，清晨捕鱼"，而付维则不以为然，他耿直地建议柏桦将"清晨捕鱼"改为"清晨扫地"，不但扫出几许仙风道骨，而且干脆让整首诗从"劳动"中解放出来，扫进了"安闲"的优雅行列。在柏桦另外一首名作《望气的人》中，付维却徒生了对"左边"伟人暧昧的敬意，一次性说服柏桦将"一个干枯的道士沉默"改为"一个干枯的导师沉默"，相似的发音却将诗歌带进了截然不同的意境。

"风筝遍地"、"牛羊无事"，以"安闲"为理想的清朝或许从来不需要什么导师，从官员到百姓过着太平日子。柏桦在历史深处制造了一个各得其所的乌托邦世界，这个世界风靡着一种令人深深迷恋的、近乎颓废的美。在这里，朝廷的军机处为选拔长指甲的官吏而设置，这个政治的神经中枢因而更貌似一个集权的艺术岗哨，让倾颓之美流布天下："瞧，政治多么美 / 夏天穿上了军装"（柏桦《1966 年夏天》）。这个伸手可及的"清朝"似乎在我们的生活之外存在了许久，却又在我们向它投以艳羡之时如迅雷骤雨般消失，就像马贡多小镇随着奥雷良诺·布恩地亚译完羊皮卷手稿的那一瞬间被飓风卷走（马尔克斯《百年孤独》），就像一个急躁的诗人在某一刻呼出了一口长气："在清朝／哲学如雨，科学不能适应／有一个人朝三暮四／无端端地着急／愤怒成为他毕生的事业／他于一八四二年死去"（柏桦《在清朝》）。

按照柏桦的心愿，《在清朝》其实是一幅关于成都的写意镜像，他无意绘制天府之国的"清明上河图"。这种乌托邦图画尤其让江南诗人潘维意犹未尽，他闲庭信步般地告诉我们："白墙上壁虎斑驳的时光，／军机处谈恋爱的时光，／在这种时光里，／睡眠比蚕蛹还多，／小家碧玉比进步的辛亥革命／更能革掉岁月的命。"（潘维《同里时光》）"军机处"与"谈恋爱"，"辛亥革命"与"小家碧玉"，多么奇巧的搭配！在潘维这里，公共事件与私人领域凸显出微妙的张力；而在柏桦那里，这两者则是混融的，他追求的是更高的、更为本质的"安闲和理想"。尽管钟鸣指出，柏桦的诗是在世俗与不朽、在女性的精致和政治的幻觉的互渗中建立自己隐喻的，①然而这位钟情于"左边"的、毛泽东时代的抒情诗人，并未因此被改造成一名"革命的童仆"（张枣《与茨维塔耶娃对话》），他作品中弥漫出的颓唐与恋旧的气息，在很大程度上抵制了具有中国特色的、一味求新的集约化现代性的裹挟，却在对古典诗歌花园的流连忘返中贡献出了极为纯熟凝练的现代汉语。他在诗歌中期望表达的"安闲和理想"，正是一种"人和自然的初始印象和关系"（钟鸣语）。

柏桦曾提出过一个著名观点，一首好诗应该只有30%的独创性，70%的传统。那无与伦比的"安闲和理想"正发微于中国人无与伦比的传统，而诗人就这样酣甜地睡在一面传统的墙壁上，至少大部分躯体在感受着传统之墙的厚重，也承接着它的湿气，如同盛产于南方的壁虎，以墙壁为自己广袤的田野，并在其上建立起它的坐标系。柏桦一贯倾向于做一个小诗人，一个雕虫纪历式的诗人，他热爱中国古典传统中的骨感和清癯，热爱它静态的美姿和悠然的意境，他甘愿像一只瘦小的壁虎那样，与传统之墙亲密结合，仿佛它有力的鳞爪已经悄悄生根，成为坚硬的墙壁上钻出的一株倔强的植物："一声清脆的枪响／掌心长出白杨"（柏桦《春天》）。壁虎或许可以流露出时代忧伤下的"笨拙"行脚，它时而仓皇窜动，时而静静发呆，苦苦寻觅自己的位置。柏桦就是这样一只自愿被命运固定在传统之墙上的诗歌壁虎，按照他的精确要求，至少要有70%的身躯与墙壁合而为一，让自己表现出一套静默的植物性特征（钟鸣在读柏桦的作品时指出过这种人与植物的互喻关系）。凭借对词汇极度敏锐的直觉，柏桦以穿透肉体为代价，实现自身与传统之墙的结合："割开崇高的肌肤／和树一起完成一个方向"（柏桦《春

①：参阅钟鸣：《树皮、词根、书与废黜》，《秋天的戏剧》，学林出版社，2002年版，第68页。

天》)。墙上的壁虎孤独得近似一个有病的小男孩,忧郁、暴躁、神经过敏,无法再去东跑西颠,它的痛苦为它安置了一个位置,在这里,壁虎叩问着一个植物性的世界,这让它注定要成为墙上长出的一截奇崛的古木,成为"一个干枯的导师",它"为清晨五点的刀锋所固定"(柏桦《春天》),低吟着一曲忧伤的挽歌:

> 偶尔有一只鸟飞过
> 成群的鸟飞过
> 偶尔有一个少女叹息
> 成群的少女叹息
> (柏桦《在秋天》)

一具固定的肉体观察、感受到了世界的植物性,世界的千篇一律。一种微妙的情绪在这个植物性的世界里会像蒲公英的种子一样迅速地在空气中扩散,演变为这种情绪的复数形式。与此相平行的是,柏桦发现了词汇世界的植物性,在柏桦的诗歌肉体中穿插着一支个人性的词汇家族,它们在他的作品中频频露面,比如夏天、男孩、旧、干净、老虎、宁静、痛、病、神经、焦急、疲乏、仇恨、白色,死亡,肉体等等。这些词汇组成了柏桦诗歌创作的核心词库,它们在相似的情绪和语境下自我复制,流播开去,形成了一组组诗人心爱的意象群。它们像一根根纤细而锋利的针头,刺进了壁虎的皮肤,刺进了男孩的神经。这些专属于有病的小男孩的词汇,相对稳定地在柏桦的抒情细节中显出腰身,在词汇内部的呼吸和外部的黏合中构成形象。欧阳江河发现:"形象对于柏桦而言,是一种权力上的要求,是比寓言更为迫切的道德承诺的具体呈现,是语言的恋父情结……形象属于不同的时间和空间,属于不同的速度、不同的局面,是承诺和转换、伤害和恢复的奇特产物,但终得以统一。"[1]柏桦的恋父情结体现为他以壁虎般的虔诚实现对中国古典诗歌传统自戕式的亲和,试图用简洁的现代汉语融合进这些个人性词汇,来重新表现那种恋旧的、颓唐的、美不胜收的意境。这不但让我们看到《在清朝》中诗人对慢速、怡然、平和的生活图景的描述,而且也领略了他诗中擎天撼地式的招魂:"你摸过的栏杆 / 已变成一首诗的细节或珍珠 / 你用刀割着酒,割着衣袖 / 还用小窗的灯火 / 吹燃竹林的风、书生的抱负 / 同时也吹燃了一个风流的女巫"(柏桦《李后主》);"器官突然枯萎 / 李贺痛哭 / 唐代的手再不回来"(柏桦《悬崖》)。

---

①:欧阳江河:《柏桦诗歌中的道德承诺》,《站在虚构这边》,三联书店,2001年版,第230页。

柏桦在诗歌语言上的恋父情结弥漫着他绝大多数作品,这些作品可以基本统摄在他一首诗的题目下,即"唯有旧日子带给我们幸福":"哦,太遥远了 / 直到今天我才明白 / 这一切全是为了另一些季节的幽独"。无疑,相对于清朝百姓的"安闲和理想","旧日子"一词更能切中要害,也更能体现柏桦的人生态度和美学趣味,更靠近左边,一个平静典雅的父亲传统。"旧日子"在诗中为我们开辟了一块具象的时空场域,用以盛放更加传神的细节,盛放"另一些季节的幽独":

> 真快呀,一出生就消失
> 所有的善在十月的夜晚进来
> 太美,全不察觉
> 巨大的宁静如你干净的布鞋
> (柏桦《夏天还很远》)

在快慢得当的抒情节奏中,"旧日子"转瞬即逝,又稳稳地落在"你干净的布鞋"上,宁静、幽独、全不察觉,这柔和的力量让有病的小男孩继续他病床上的浅睡,又仿佛一道耀眼的恋父强光投射进壁虎趴伏的阴暗角落,让它徒生置身于夏天的盛大错觉。就这样,这只"干枯的导师"因而一劳永逸地记住了"夏天"——这个与"旧日子"血肉相连的季节——一如植物在太阳最亮的时刻记住了生命的光合作用,收获了最酽浓的回忆。柏桦承认,他所有诗歌密码中最关键的一个词是"夏天",这个词包括了他所有的诗艺、理想、形象,甚至指纹,也启动了他抒情的魔法。[1]"夏天"是一个令柏桦颤抖的词汇,是他诗歌的灵感之源,诗人在他生命中的"夏天"度过了最饱满旺盛的白热年华:"是时候了!我白热的年华 / 让寂静的锋芒摇落阴影 / 让猛烈的叶子击碎回忆 / 那太短促的酷热多么凄清"(柏桦《光荣的夏天》);这种浓烈的热带情绪在"夏天"的语境中不断地弥散,制造着它的复数:"催促多么温柔 / 精致的钢笔低声倾诉 / 哦,一群群消失的事物"(柏桦《途中》);"夏天"的白热情绪总在"旧日子"的过去时中展开,它总是指向我们背后那段或真实或虚幻的岁月:"再看看,荒凉的球场,空旷的学校 / 再看看,夏天,啊,夏天"(柏桦《夏天,啊,夏天》)。

夏天和"一群群消失的事物"沉浮与共,这个季节吞吐着白热的酒精气息,容纳了最稠密的抒情和最迷醉的回忆,因而也最易奏响颓唐之音,它暗示着植物性世界的盛极而衰,像烈日下墨绿得近乎萎蒿的叶子。这种涣散

---

①:参阅柏桦、泉子:《柏桦:"夏天"这个词令我颤抖》,《西湖》2007年第6期。

的、潦倒的、倾颓的激情随着"一群群消失的事物"一同在仲夏的气氛中消歇，是时候了，植物性的世界终于随着季节的轮换改变了容颜。夏天，一个盛极一时的季节，也是一个走向沉沦的季节，植物性世界的晴雨枯荣最精确地诠释了夏天对于诗人的涵义。柏桦在作品中制造了一派衰败的、腐朽的气息，如"酒杯里发出血液的歌唱啊／酒杯里荡着自由的亡灵"(柏桦《饮酒人》)；"这大腿间打着哈欠／这大腿间点不燃种子／这大腿间沦陷了南京"(柏桦《种子》)。肉体腐朽是复活的保证，这种对腐朽的描述很大程度上成为了柏桦诗歌的总体特征，成为了壁虎们低吟的宿命，成为诗人在植物性世界里流动的梦想，但柏桦将这种腐朽维持在中国古典审美体系内部，把它放回了传统之墙的缝隙里，因而将这种悲观的情感萃取为一种不含异味的腐朽，一种洁净的腐朽，它"如你干净的布鞋"一般，将细腻温热的梦想转化成一种纯粹的颓废力量："光阴的梨、流逝的梨／来到他悲剧的正面像"(柏桦《演春与种梨》)。作为来自植物性世界的使者，"梨"用它与"离"的谐音带来了关于腐朽命运的传讯，它告诉我们："今夜你无论如何得死去／因为她明天就要来临"(柏桦《震颤》)。就像愤怒将柏桦眼中的清朝推向1840 年的门槛，让他久久迷恋的"安闲和理想"也如气球一般在空中越飘越远，这个"动辄发脾气，动辄热爱"的抒情诗人穿上他干净的布鞋，带着壁虎的夙愿，远走他乡。当成都变为了南京，"旧日子"也变为了"往事"：

那曾经多么热烈的旅途
那无知的疲乏
都停在这陌生的一刻
这善意的，令人哭泣的一刻
(柏桦《往事》)

2

米什莱(Michelet)发现："植物和动物都利用它们的天然标志和外貌从事特殊的交换活动。那些柔软黏稠的植物有着一些既不像根茎，也不像叶子的器官，显示出动物的曲线形的肥腻和温柔，似乎希望人们误以为它们是动物。真正的动物却好像千方百计地模仿植物世界的一切；其中有些像树木一样坚实，近乎永恒；有些像花朵般绽放，随后枯萎……"①趴伏在传统之墙上的壁虎被词汇所固定，变成了一株蒙埃的、灰旧的植物，借助它的肉

---

①：参阅柏桦、泉子：《柏桦："夏天"这个词令我颤抖》，《西湖》2007 年第 6 期。

身（壁虎没有大脑），一具传统的鲜活躯体展现在我们眼前，我们也得以展开一个植物性世界的脉络。我们如何听懂壁虎的语言？墙壁的语言？柏桦的同乡兼同行翟永明描述过自己与壁虎之间隔岸的对话："我们永远不能了解／各自的痛苦／你梦幻中的故乡／怎样成为我内心伤感的旷野／如今都双重映照在墙壁的阴影"（翟永明《壁虎与我》）。这位穿着黑裙赏夜而来的诗歌女巫，虽然领教了墙上这位"干枯的导师"的沉默，但却可以听到柏桦代替壁虎发出的唱和："它凄凉而美丽／拖着一条长长的影子／可就是找不到另一个可以交谈的影子"（柏桦《表达》）。面对着眼前这片巨大而无声的阴影，两位诗人都在慨叹于言说之难。这个悲伤的、仿佛被降了巫术、擅长吐纳光阴的小生灵，充当了墙壁的守护者，阴影的偷窥者。它静静地停留在房间的一角，将瘦小的胸膛全部交付给它的世界，试图找到一道洞悉墙壁的细琐孔隙。当我们对视它如豆的眼神时，便感应到从那片阴影里汩汩流出的隐秘哑语：

一个向你转过头来的陌生人
一具优美僵直的尸体
（柏桦《震颤》）

柏桦依赖壁虎般的敏感和固执行使了一个密探的天职，他无比敬业地趴伏在传统之墙的庞大身躯上，先于常人目睹到传统的绵延躯体雲时间的衰亡、风化，坐赏传统之墙上沉默的壁虎如何变为"干枯的导师"。柏桦善于在诗歌中构造这种令人惊惧和震怖的小场景："夜里别上阁楼／一个地址有一次死亡／那依稀的白颈项／将转过头来"（柏桦《悬崖》）；"他就要绞死自己了／正昂起白玉般的颈子"（柏桦《饮酒人》）；"无垠的心跳的走廊／正等待／亲吻、拥抱、掐死／雪白的潜伏的小手"（柏桦《或别的东西》）。这些惊心动魄的时刻率先预示了传统之于现代语境的一种不祥的命运，也让柏桦抱以壁虎式的警觉，让他无比清晰地记住了"依稀的白颈项"、"白玉般的颈子"，记住了"雪白的潜伏的小手"，这些白色的幽灵器官正来自那具"优美僵直的尸体"，犹如在波德莱尔（Baudelaire）忧郁的目光注视下，"一个优雅而光辉的幽灵，／不时地闪亮，伸长，又展开，／直到显出了整个的身影。"[1]（波德莱尔《一个幽灵》）毋庸置疑，传统的身躯正在变为一具"优美僵直的尸体"，变成一朵恶之花，柏桦说："你如果说它像一块石头／冰冷而沉默／我就告诉你它是一朵花／这花的气味在夜空下潜行／只有当你死亡之时／

---

①：（法）罗兰·巴特：《米什莱》，张祖建译，中国人民大学出版社，2008年版，第39页。

才进入你意识的平原"(柏桦《表达》)。作为柏桦诗歌中长久笼罩的意象,死亡的触须就从那些雪白的幽灵器官中探伸出来,用变幻不定的旖旎身姿来展示着它魔鬼般的美丽,仿佛那尸体在做着复活的准备,或者久久地不愿迈进死亡的门槛:

> 因为危险是不说话的
> 它像一件事情
> 像某个人的影子很轻柔
> 它走进又走出
> (柏桦《下午》)

柏桦所描摹的是一个恬静的亡灵在我们身后徘徊时的芬芳步履,她危险、不说话、轻柔、走进又走出,像一只神秘而无声的猫,她的眼神直穿心灵,夺魂摄魄。T.S.艾略特(T.S.Eliot)的作品中也游离着这样一团轻声移动的迷雾:"把它的舌头舐进黄昏的角落,/徘徊在阴沟里的污水上,/让跌下烟囱的烟灰落上它的背,/它溜下台阶,忽地纵身跳跃,/看到这是一个温柔的十月的夜……"①(T.S.艾略特《阿尔弗瑞德·普鲁弗洛克的情歌》)尽管这种猫一样的形象浸透着消极的现代体验,然而作为现代性的五副面孔之一,这种颓废的末世论基调也贯穿了波德莱尔诗中那个"优雅而光辉的幽灵",贯穿了柏桦笔下那个"优美僵直的尸体"。这种如猫如雾般的死亡意象,在柏桦的诗中汇成一种难以言及的情绪:"一种白色的情绪/一种无法表达的情绪/就在今夜/已经来到这个世界/在我们视觉以外/在我们中枢神经里"(柏桦《表达》)。

由于受到法国早期象征主义的影响,柏桦形成了自己的一条重要的诗观:"人生来就抱有一个单纯的抗拒死亡的愿望,也许正因为这种强烈的愿望才诞生了诗歌。"②在柏桦看来,死亡成为了诗歌的永恒分母,而对死亡审美式的抗拒造就了柏桦的写作气质,生成了弥漫在他诗中的那种极难表达的白色情绪。白色,这种在死亡震慑下的抽象抒情,在柏桦的作品中故意保持着一种诗意的含混,像一团白色的浓雾,也像一只蜷缩的猫。这种含混拒绝了描述的精确性,却将意义传递出由白色情绪衍生出的游移形象,因而在柏桦的作品中具有强大的阐释力:"一个人侧着身子的谦逊/正一点点死去/这一切真像某一个"(柏桦《谁》)。索福克勒斯(Sophocles)说,当死亡

---

①:(英)T.S.艾略特等:《英国现代诗选》,查良铮译,湖南人民出版社,1985年版,第2页。
②:柏桦:《左边——毛泽东时代的抒情诗人》,第92页。

给生命规定一个不可宽限的时限时,生命才变得可以理解。瞥见死亡,就犹如猛然瞥见墙角久久趴伏着的壁虎,或从窗台上跳下来的猫,犹如感到一丝突如其来的冷风划过脸颊,犹如迷思于那无法确知的"某一个",带给我们直穿心灵的震颤。

里尔克(Rilke)在与猫进行对视之后写下:"于是你不意间重新在它的 / 圆眼珠的黄色琥珀中 / 遇见自己的目光:被关在里面 / 宛如一只绝种的昆虫。"①(里尔克《黑猫》)猫的眼睛深不可测、神秘绝伦,与柏桦的白色情绪如出一辙。我们这些可怜的人类在那两洞无底深潭中瞥见了死亡的幻影,柏桦的诗中就藏着一只猫,它轻手轻脚,悄声窜动,动若象征,静如死亡,伸展若浓雾,缱绻如线团。它的眼睛反射了观者自己的目光,也为我们开启一个灵异的世界,这里"飘满死者弯曲的倒影"(北岛《回答》),充满了各类蠕动的灵魂,让我们在固定的、听命于季节的植物性的世界以外找到了一个游牧灵魂的世界,一个想象死亡的世界。在爱伦·坡(Allan Poe)的意义上,猫成为了一个超度死亡与复活的祭司,它的腰臀间布满了阴森、恐怖的魔力,让它的主人一次次陷入危险、疯狂和绝望,将人类推向悬崖的边缘,带进一片灵异的世界。灵异的世界是象征主义的天堂,死亡在生命中深远的回溯力与普通人"单纯的抗拒死亡的愿望"无止境的迎头相撞,两者的冲突造成了词汇间超越常识的混搭,造成了许多钟鸣所谓的"局部自戕"或"自渎性的句子"②,造成曼德里施塔姆(Mandelstam)所谓的"被封了口的容器"③。这种白色的抒情焦虑让柏桦专注于对诗歌语言的构造,尤其是他持续动用着诗歌口袋里那支心爱的、病态的词汇家族,希望以此来描述灵异世界的可能图像,揭示人类在死亡面前暴露出的真实而躁动的生存状况:

> 歇斯底里的女性时刻
> 布下缺席的阴谋
> 到处嚼出即兴的斗争
> 生理的、赶不走的抱怨

①:(奥)里尔克:《里尔克诗选》,绿原译,人民文学出版社,1996年版,第381页。
②:钟鸣指认出了柏桦诗歌中众多"自渎性的句子",如"镇静的仇恨"、"拾起从前的坏习惯"、"性急与难过交替"、"酒杯腾空安静的语言"、"嗳嚅的营养不良的歌声"、"我们更多毁容的激情"、"由于一句话而自杀的一个细节"、"示威的牙齿啃着难揸的时日"等。参阅钟鸣:《树皮、词根、书与废黜》,《秋天的戏剧》,第76页。
③:(俄)曼德里施塔姆:《论词的天性》,《时代的喧嚣——曼德里施塔姆文集》,刘文飞译,云南人民出版社,1998年版,第175页。

（柏桦《冬日的男孩》）

柏桦坦陈，他写诗的起因是由于童年的痛苦。①那"歇斯底里的女性时刻"在年幼的诗人心中代替了死亡的恫吓，并成为一种影响他一生的、切近的、击穿肉体的阴霾力量。这一摄人心魄的时刻，在柏桦的时间体验中指向了一天中的下午——"一天中最烦乱、最敏感同时也是最富于诗意的一段时间，它自身就孕育着对即将来临的黄昏的神经质的绝望、啰啰嗦嗦的不安、尖锐刺耳的抗议、不顾一切的毁灭冲动，以及下午无事生非的表达欲、怀疑论、恐惧感，这一切都增加了一个人下午性格复杂而神秘的色彩。"②下午为柏桦剥落出一个灵异的世界，一个充满象征的世界。如同鲁迅把在仙台医学院上演的"幻灯片事件"作为自己"怒向刀丛觅小诗"的逻辑起点，柏桦诗歌的起点暨痛苦的起点，就发在若干年前的一个遥远的下午，由他的母亲向他展示的一个"歇斯底里的女性时刻"，一个永劫的危险时刻，这一时刻"充满了深不可测的颓唐与火热的女性魅力"③，充满了死亡的震颤。它直接把当年那个多病、敏感的男孩塑造成一个"白热的复制品"，将他变成一只猫，最终迫使他的命运与诗歌紧密缠绕在一起："我开始属于这儿／我开始钻进你的形体／我开始代替你残酷的天堂／我，一个外来的长不大的孩子"（柏桦《献给曼杰斯塔姆》）。

这个洋溢着"下午性格"的诗人在那一刻迎来了自己处女般的疼痛，让他的文字散发着酒精的白热之美，仿佛这个孱弱的男孩伫立在遥远的俄罗斯的冬日雪野，"穿过太重的北方"（柏桦《献给曼杰斯塔姆》），"嘴里含有烈性酒精的香味"（翟永明《壁虎与我》），成为"冥想中的某一个"（柏桦《谁》）。与柏桦一样过早领略了太多疼痛的俄罗斯大男孩曼杰什坦姆（即曼杰斯塔姆）终于开口说话了："纤细的躯干和这些／脆弱的肉体之冷／指示着怎样胆怯的律令，／怎样玩具般的命运！"⑤（曼杰什坦姆《存在着纯洁的魅惑》）男孩们在下午展开的对话，忧郁而绝望，"仇恨在肠子里翻腾／裹进一小块坚硬的石头"（柏桦《给一个有病的小男孩》）。他们共识般地发现了痛苦和诗歌的肉体根源，而这一发现直到很晚才真正走进汉语新诗的皮肤：

---

①：柏桦：《往事·自序》，河北教育出版社，2002年版，第5页。

②③：柏桦：《左边——毛泽东时代的抒情诗人》，第3页。

④：(俄)曼德里施塔姆：《论词的天性》，《时代的喧嚣——曼德里施塔姆文集》，刘文飞译，云南人民出版社，1998年版，第175页。

⑤：(俄)曼杰什坦姆：《曼杰什坦姆诗全集》，汪剑钊译，东方出版社，2008年版，第6页。

再瞧,他的身子

多敏感,多难看

太小了,太瘦了

嘴角太平凡了

只有狡黠的眼神肯定了他的力量

但这是不幸的力量

（柏桦《夏日读诗人传记》）

柏桦痛苦的诗歌起点引得了他对肉体的关怀,并从一开始就将它置于写作的中心,让他的诗普遍散发着肉体的气息。据这位肉体诗人观察:"如果说朦胧诗到后朦胧诗是从主体到客体的变异的话,那么 90 年代的汉语诗歌就是从客体直接到身体,也可以说肉体、性的抵达。"[1]在柏桦的作品中,肉体之痛或肉体之痒是如此真实地呈现着:"痛影射了一颗牙齿 / 或一个耳朵的热 / 被认为是坏事,却不能取代 / 它成为不愿期望的东西"(柏桦《痛》);"这恨的气味是肥肉的气味 / 也是两排肋骨的气味 / 它源于意识形态的平胸 / 也源于阶级的多毛症"(柏桦《恨》);"他们的儿子 / 那些纯洁的性交者 / 在今天正午 / 吟咏药物"(柏桦《我歌唱生长的骨头》);"我的每一小时,每一秒 / 我严峻的左眼代替了心跳"(柏桦《十夜 十夜》),等等。肉体概念在柏桦的诗中被众多充满感性的词汇冲决和浮现,让来自人类躯体家族中的牙齿、耳朵、肥肉、肋骨、眼球、心脏获取了普遍的发言权,让"粉碎的膝盖 / 扭歪的神经 / 辉煌的牙痛"(柏桦《给一个有病的小男孩》)在他的诗歌体系中得以纵情地自渎,让肉体的独立意志在"冥想中的某一个"细节中彻夜狂欢:"可以是一个巨大的毛孔 / 一束倒立的头发 / 一块典雅的皮肤 / 或温暖的打字机的声音 / 也可以是一柄镶边的小刀 / 一片精致的烈火 / 一枝勃起的茶花 / 或危险的初夏的堕落"(柏桦《或别的东西》)。此外,肉体的登场让由死亡孕育的白色情绪具有了直观的形式:"词汇从虚妄的诗歌中晕倒 / 幽灵开始复活 / 他穿上春天的衣服"(柏桦《青春》)。

柏桦诗歌中的幽灵在猫眼里征服了一个灵异的世界,一个象征的世界。在波德莱尔那里,猫身的肥腻和温柔让他联想起自己钟爱的女人:"从她的脚到她的头,/ 有一种微妙的气氛、危险的清香 / 绕着褐色的肉体荡漾。"[2](波德莱尔《猫》)在流荡情欲的肉体中,我们更加刻骨铭心地靠近着

---

①:柏桦:《当代诗歌写作中的主体变异》,《今天的激情——柏桦十年文选》,上海人民出版社,2006 年版,第 93 页。

②:(法)波德莱尔:《恶之花·巴黎的忧郁》,钱春绮译,人民文学出版社,1991 年版,第 81 页。

生之激情,体味着死之静美,这一切由灵异世界散布的内心能量集中呈现在柏桦诗歌中的一个夏日的午后:"这些无辜的使者 / 她们平凡地穿着夏天的衣服 / 坐在这里,我的身旁 / 向我微笑 / 向我微露老年的害羞的乳房"(柏桦《往事》)。猫眼中的灵异世界让我们看清了爱情、集权、肉体和死亡,它们正等待着美的行刑队前来进行最终的处决:"而我们精神上初恋的象征 / 我们那白得炫目的父亲 / 幸福的子弹击中他的太阳穴 / 他天真的亡灵仍在倾注: / 信仰治疗、宗教武士道 / 秀丽的政变的躯体"(柏桦《琼斯敦》)。这一切恍若一个未知的世界,像一场即将降临的黄昏,像一只疲乏的、慵懒的猫闭上双眼:"十夜,所有沉重的都睡去 / 十夜,所有交媾后的青春、豹 / 江南和江北都睡去"(柏桦《十夜 十夜》)。死亡即睡眠,猫停止脚步,肉体追本溯源,柏桦的诗歌也于 1997 年就此睡去(尽管如今柏桦重拾写作,但却不可同日而语),他那些陈年的、珍贵的作品,也如同一曲催眠的歌谣反复吟咏着时代的忧伤:

> 天将息了
> 地主快要死了
> 由他去吧
> 红军正在赶路
> (柏桦《奈何天》)

3

地理学家巴诺(Baron)有一个很有意思的发现:"巴布亚人的语言很贫乏,每一个部族有自己的语言,但它的语汇不断地在削减,因为凡是有人死去,他们便减去几个词作为守丧的标记。"[①]这条高贵的风俗刚好配得上柏桦洋溢着倾颓和白热的写作,无论是壁虎趴伏在墙壁等待着下午和洁净的腐朽,还是灵异的猫在陈旧的黄昏瞥见死亡和肉体的睡眠,柏桦的诗以挽歌的形式让我们的生命铭记下那些珍贵的词汇,尽管这些词经年反复地出现在他的作品中,惊人地缺少变化,但不得不承认的是,正是这些无比基本的词汇,让古老而美丽的汉语在当代生活中一直保持着新鲜,让我们在这些令人颤抖的词汇中重新认识和学会了生活。当我们把柏桦为数不多的抒

---

①:转引自(法)罗兰·巴特:《神话修辞术 批评与真实》,屠友祥、温晋仪译,上海人民出版社,2009 年版,第 246 页。

情诗当作灿烂的夏天来尽情徜徉之时，它们已悄悄变成我们的空气：

> 你的名字是一个声音
> 像无数人呼吸的声音
> （柏桦《名字》）

柏桦说："诗和生命的节律一样在呼吸里自然形成。一当它形成某种氛围，文字就变得模糊并融入某种气息或声音。"①柏桦的诗深深契合着我们的呼吸，让人读上去就像感受着早晨刷牙的节奏，就像走在放学回家的小路，它们让我们懂得了语言就是生活毛孔溢出的产物，如父母遗传一般自然和谐。柏桦将自己的诗歌概括为以"父亲形式"为外表，以"母亲激情"为核心，按照马铃薯兄弟的解释，父亲代表古代、平和、右、正常、缓慢、肯定、日常、低吟；母亲代表着现代、激进、革命、左、神经质、快速、否定、神秘、尖叫。柏桦赞同这种解释，他说："当我在诗中飘起来，我便是母亲的，这时我是本能的、独裁的、也是自信的；而当我在诗中静下来，我便是日常的、犹豫的、自我的，一句话，软弱的。父母的影响如两条河流，时而分流，时而交汇，而我写得最好的时刻一定是软硬妥帖之时，是在母亲尖锐的高音之中加入父亲'逝者如斯'的悲音。"②

按照这种自然遗传规律的启示，或许我们可以发现，柏桦的诗歌也可看做是壁虎与猫两种形象的叠合：瘦小的壁虎拥有一副风干的肉体，它成为一名传统之墙的守护者，一个干枯的导师，柏桦借助它的目光向我们展示了一个植物般的世界，一段充满"安闲和理想"的旧日时光，这里为柏桦诗歌提供了一个宏观秩序、一块静穆的家园，诗人在这里小心翼翼地封存起古典意境，喟叹流逝的光阴；神秘的猫则反复游历在房间的每一个角落，它闪烁着深不可测的瞳孔，踩着轻盈的步子，浑身披着象征主义的绒毛，让我们在它眼中窥测到一个灵异的世界，一个见习死亡的未知领地，它的足迹敏捷地镌刻在柏桦诗歌的细节之处，构成了诗句的局部自戕，语义的反动透顶，词汇的震颤不宁。壁虎和猫所各自表征的精神向度也同时厘定了柏桦诗歌的基本写作格局，用欧阳江河的话来说就是，每一行诗都是平行的（壁虎的秩序），但其中的每一个字都有些倾斜（猫的秩序）。③

在死亡的威胁面前，擅长断尾逃生的壁虎遵循了植物性世界的生存法

---

①：柏桦：《左边——毛泽东时代的抒情诗人》，第92页。
②：参阅《对现代汉诗的回顾：困惑与展望》，《今天的激情——柏桦十年文选》，第264-265页。
③：欧阳江河：《柏桦诗歌中的道德承诺》，《站在虚构这边》，第231页。

望远镜根本捕捉不住，但我知道他在场
他在死者身上喝汤时总是弄出很大的声响
明天会好吗？上帝啊，请让我相信

用诗占卜

用一个被弃绝的词
从凶手那里夺回的词
颠倒卦象
双手握住最下面那个爻
让它动起来

将要来临的，我们知道你

广袤的夜，广袤的无名
你，异乡者，陨石形状的人
站在初地的边沿，如在十地
那里一座艮山
刺破大气层
一粒精子前来做客
进入橐龠

你召唤灯蛾，你召唤死者
你掘一口通向盐池的井
你敲打恐龙蛋，从中
取出一封来自玄武纪的信
读吧，读给我们听
我们知道
那结痂的祥瑞也是你的

用一个喑哑的词
盛放你的声音
把它拌入黏土，敷在伤口上

把星座的咒语也拌进去
眼睛的网所泄漏的
我们收在心的葫芦里

你,异乡者,为我们占卜!

缓缓登上心之山巅

修远——在浓云后面,光
之瀑泻下。井,摇柄如桨,咕噜噜
把渴意泼进瀚海的咽喉、瀚海的眼睛
白杨树,孤零零一棵,承受过天斧

巉突的路,没有路,只有上下与南北
寥廓惚恍的寂寞。没有虹,只有海市的皮影
一盏油灯点在石窟里。朝圣的躯体褴褛
他灵魂的手杖,丈量着修远

在白桦林边
——纪念艾基

流向边境的河
流过罂粟与牛蒡的小站

积雪上面,梅花型蹄印闪着幽蓝
消失在沼泽地里

有一种高秋压低了浮云
一排排房屋贴着山谷

奶瓶碰撞的声音穿越白桦林
我知道那声音也来自你的童年

通过你，"瑟瑟响"变成
词语的教堂——不断地吹拂

而在我们这里，登上瞭望塔的人
肉眼只满足于可见性

似乎黄昏的酸涩
来自一捧捧刺五加

温暖的烟囱，下面是冻土
埋着——穷人的笑——不为人知

似乎恐惧从未袭击过一只熊胆
四处，生存散落如野菊的花粉

而我多渴望这时你走来，手里拿着
一束麦穗，咕哝着，像一位神农氏

返回林边的汽车坐在我们中间
白桦闪耀。是你吗？

遗 忘

1

日暑。头颅。谁退藏于密？
谁的仪表画出虚妄的圆弧？
你眼睛的祭坛深陷着
在未来某个庞大建筑的对面

彗星落向木樨地时
倘若我是你，你或许就是他：一个尾数

她最后的回首穿过了
呦呦鹿鸣

2

雪的谐音喷涌
花，无痛地绽放
一朵催开了死亡的非花
是真的。它攀上了你的名字

痉挛的灌木下
道具般的脚趾涂着萤火虫的黑盐
也是这么被抬走了
像极了新近地震中的场面

3

喷枪那闪电节奏的火舌
吻遍娇嫩的脸。清晨的水龙头
把夜的灰烬灌溉了又灌溉
结痂的将长成石笋，在心脏部位

一个失踪者走来，一个失踪太久的
失踪者，瘦长的手臂像堂·吉诃德
读秒的时间到了。你来读，像秒针一样读
履带的嘎嘎声里是什么已对峙了千年？

密封舱的远程报告

我被送入宇宙，在你梦的顶端
跋涉过多少不可能的云山
我忍受着从嘴边飘走的星辰
忍受你，伤口般的眼睛绽开的奇葩

黑暗部落的酋长给夜加冕
河流退回到时间之前的一滴水
跟随咒语跳进我的葫芦里来吧，我稳住桨
着陆在你大如海床的心间

秋声赋

绵延的小兴安岭，向着俄罗斯
秋天给我一小勺蜜，我把它放回林中
储存在矢车菊的记忆里——
小黑熊晃来晃去到底是为了什么？
垂云扯着秋天大马戏团的帐篷
锣鼓喧天，从五营一路奔向满洲里
静谧，你编织的网可以用来献祭
鄂伦春人，你的鱼皮衣被什么划破了？
老虎避开我们，返回松软的栖息地
虫鸣将给它加冕，在落日金黄的宫殿
树脂什么时候凝成蓝色的琥珀
在腐殖土中，在煤层的锥形塔里
直到在你的脖颈上微微闪光？
松针向左、向右旋转，鬼针草的钩子
潜伏着，等待着一个莽撞的影子
湖的留声机，向田鼠播放一支催眠曲
但它不想睡，它掰开甜苞谷，用尖牙啃着
像一位笨拙的、幸福的隐士
因为爱，透明的、蚂蚱的内翅展开
如雨的拍击声打在细密的叶脉上
我驻足，我倾听，我越过蜘蛛的陷阱
林中，我要拜访的人还没有回来
沉重的松果悬在窗外，装饰着枝头
一个辽金时代的铜马坠子挂在门上
我摇响那铃铛，我惊扰了梅花鹿

并吓跑一群贪吃五味子果的夜鹟
你们，死去的蛾子，一封封夏天的来信
贴在玻璃灯罩上，似乎还在往里挤
无人能规劝那一声"啪"里的牺牲
"啪"的诀别，难道一点也不疼？

在小兴安岭深处

大河横过来。你永远不会到对岸去
猫头鹰蹲在高枝上闭着眼睛，绝不是在祈祷！
它也不会飞到你的屋里来，口授预言
不！这里只有生存和忍耐。玉米饼的碎屑在松木桌的裂缝里
手，灯光的手，从对面伸来，够不着你
冷雾有如麻风病人的村落隔开造访者
沙柳编着软绵绵的风。走，还不是时候
直到睡眠被编进隆冬，编进雪

耿占春诗歌（6 首）

不 朽

在开宝寺侧门入口处，站立着
两列宋代石雕群，狮子，绵羊
马，虎，和睦地并立千年
你发现另一种时间磨光的工艺

粗糙的石头润泽闪亮，几乎成为
风中抖动的鬃毛，扬起打着响鼻的面孔
动物柔顺的灵魂被经久的岁月磨出
在轻轻地吐出初冬早晨的团团哈气

这得归功于孩子们和早已作古的
历代孩童，他们曾经骑上
这些盘角的绵羊、配鞍的石马
朝着虚无进发，从一个朝代向下一朝代

孩子们骑上爬下，每一瞬间
都在打磨钻石一样的光。时间的消逝
不再磨损，它在经验世界的身躯上
打磨出一道永恒的亮光，像孩童们

在游戏中，把一种磨损的力量
变成永无终结的耐心的磨出
骑在这些复活的石头身上
仿佛依然能够追赶清明上河的集市

在古城老街的一条青石路上
过往的全部岁月坎坷依旧在
被水泼湿的磨光的石板上闪闪发亮
似乎这就是那条路，将通向不朽

感伤时代

回到了我不常在的家
有些事物像遗物那样让人悲伤

地板轻微的灰尘，旅行袋发霉的斑点
晾衣架上孤单的衬衣

陈旧的气味，像某一个角落
在心里依然堆放和悬挂着的

将了而未了。沙发旁打开的书
任由一种失去了名字的气息弥散

结束的时刻，总由一只陌生的手
轻轻取下。无端地，一些事物就成为

永久的遗物。床前的柜子
堆放着光碟、铅笔、发皱的打印的纸页

像记忆蒙着一层微尘
这些已具备一幕悲剧的现场

动手吧，让一切回到现在
起身吧，让一切事物回到此刻

对所有的细节恢复行使此刻
一个人的主权：这一切暂时是幸运的

窗外的雪

我深睡时大雪在下。冬天已准备停当
备下仁慈的礼物。雪霰伸进没有糊严的窗缝
大雪已停，清晨的太阳如耀眼的
雪球，滚落在变得简洁的村庄

雪地上些微鸟迹，晶莹的树梢
再次突然抖落，雪霰中奔跑的孩子
已无影无踪。我是一个隐约的轨迹，且不连续
在一场冬天的大雪与一场热带风暴之间

在书写中，我已变成一系列的他者
如果岁月的每一分钟孩子的脸都没有
可见的改变，童年如何可以消失
在大雪之后？我如何又在一座海岛

想念大雪封门的冬天？想念寒冷
怀着肠道因饥饿而产生的热
欢迎凛冽的风雪中站着的清晨
一盆新蒸的裂口红薯成为一家人的盛宴

一首诗是从沉默开始说出的话，从消失的雪
这里的每一个字都想抓住那已消失的
此刻我写下的，仅仅是记忆阴面的
一片积雪，在久远的，在生活的一切灰烬之上

轮 回

车将要开，一个男人登上车门
一手怀抱一沓报纸，一手挥舞着彩印的
北韩的独裁者和巴西的球星
喊着风流艳事的新闻标题

革命曾经消灭了行乞沿街叫卖的职业
报纸是喉舌，只能刊登真理
从夜间的印刷厂到凌晨的人民邮局
大清早就把信仰和教义分送到各级庙门

但革命保留了关于报童的电影和一支
催人泪下的卖报歌。一切都先在电影里出现
一切都在旧时代的电影里预先看见
——街头报童，三轮车夫，小商贩

穿旗袍的妖娆女人，宠物狗，舞会
电影海报，夜色里奔驰的车流，空气里飘荡的
靡靡之音，街边的霓虹——看看车窗外
一切都像是一部旧电影，包括此刻莫名的忧伤

白沙门：台风过后

一场台风把海弄脏了
经济风暴铲除了海岸上的椰林针叶林

发亮的野海滩和海中的飞鱼都不见了
我们坐在那里海阔天空的火山岩不见了

总是一些事物将要消逝在记忆的拐弯处
你才开始企图跟上它的步履

城市长大了，是的，我们在变老
唯低垂于海上的云依旧明亮

上世纪的最后年份在云层中闪烁
似乎那里依然看得见余虹和萌萌的笑容

贼的故事

寒冷的深夜，一个人在大佛塑像下徘徊
终于爬上佛像的肩头，试图取下大佛发髻
镶着的金子。可他还不及佛的耳垂
恍然，佛像垂下了头，慌张中他抓获了金子

许多年后，一个贼成为佛的一个信徒
许多年后，我们再也难以成为这个幸运的贼
更难成为一个有信仰的人，因为祖国的土地上
众多的佛像再也不肯垂示一点点神迹

哪怕把你平伸的施无畏手印弯一下小拇指
或者对这个以贼为师的世界眨一下
你慈悲的眼皮，贼人也会改变，然而
在平淡的岁月里，谁都能够像佛本身那样

在一个贼人的非分之想面前，再次把头垂下
假如金子还在那里的话。因此我同意
这个故事的寓意而不是故事本身。或许
相反？我喜欢这个故事，而不赞成它的寓意

叶舟诗歌（1首）

唱　读（节选）

* 我的诗，犹如这个时代的储君
　带着
　　——光芒、隐忍和脚印

* 伊顿公学的乔治·奥威尔
　在《一九八四》中，获取了一条
　救赎之舌

* 生活即是 pose
　滴下
　一记显影的药水

* 去大马士革之路
　要绕过
　一群刚刚开始信仰的蜂群

* 阿道夫·希特勒的母亲曾计划堕胎
　　——却在最后一秒

爽约

*　等你摸到灯绳时
　　天
　　却亮了

*　放了一辈子鹰的草原英雄
　　却被麻雀
　　——叼瞎了眼睛

*　"没有人可以带走我的灵魂
　　因为我是个华丽的小女孩！"
　　——哈萨克斯坦 130 岁的多索娃如此唱道

*　红 A　灰 B　白 C
　　山顶上
　　惊现三位喇嘛

*　川上仲尼
　　噘起嘴
　　唤来一叶小舟

*　戏子,脱下大氅
　　变身
　　一支蜡烛

*　群山像伟大且耐心的
　　佛
　　一语不发

*　去做一只卑微的器皿
　　靠近故乡
　　靠近爱

* 所有的道路与光线
  都是
  一种回答

* 纵使一只蚊子的血
  也点不燃
  太阳内部的湿柴

* 给蜘蛛巢刷漆
  用空鸟笼——
  唤醒一个词

* 蟋蟀的黑暗
  挂着
  一把失眠的银锁

* 下午三点,雪落进了盐湖
  一只白乌鸦
  褪净夜色

* 揭开大海上的瓦片,揭发
  一匹鲸鱼
  与它晦涩的时代

* 阿拉伯黄昏
  焚香之处
  是一截雪松?

* 一个哑巴,拾到
  一件乐器
  不知怎么开口? 从何说起?

* 雪在山上,并不表明
  有一朵云

内心沮丧

＊　烟村四五家
　　出现
　　在二月的早上

＊　那些鸣禽走下了山坡
　　寻觅着
　　台地上，哲学的荆棘

＊　而秋水的一段痛
　　来自芦苇
　　持有的思想和虚空

＊　前朝的书生
　　咳嗽，而他的病灶
　　乃一盏蝴蝶标本

＊　像北归的雁阵
　　一行乌黑的标题
　　在天空起火

＊　针尖上，究竟
　　有多少位美丽天使
　　在舞蹈

＊　一篇《后记》中，布拉格
　　的月季遽然绽放
　　虽然，粉红色的夜莺尚未驶离

＊　的确，这一桶金鱼
　　比白银
　　更亮

*　一群蚂蚁
　　伫立山巅
　　搬运春天

*　就算花瓶里有水
　　也不能
　　使一条金鱼，爱上生活

*　水滴
　　石穿
　　其实，那只是一阵夜半的蛙鸣

*　在寺院的后面
　　一口井
　　并不用来止渴、沐浴和种植

*　抱病的你
　　像一匹深邃的鲸鱼
　　含笑吐纳

*　海岬上栖息的
　　蝴蝶
　　犹如，一对自然的乳房

*　午后的枝条
　　报告
　　青铜色的春天

*　一匹黑马
　　使云朵
　　——低垂

*　黑暗里的
　　脚步

像一簇开败的鲜花

* 太相似的
是沙上的庙宇
与雨中绽露的枝条

* 群山之上
是风的雕像
被云凿试——

* 1978 年的 W•S•默温
是伞，是一次致意，是
一本畅销的《健康食谱》

* 秋日的马鞍
如何卸下？
持续的风里，怎样葆有鹰的滑行？

* 日光雪崩
蝴蝶的手中
却藏着一块漆黑的玻璃

* 像苏格拉底一样散步
向夕光和蜜蜂
询问答案

* 睡在广大的夜里
犹如一颗心
睡入故乡

* 一些地址、一些爱、一些名字
都是
午后的盐

*   对现在而言
      学习生活，已是
      太迟太迟的事情了

*   鱼鹰
      在钢蓝色的玻璃中
      觅食光斑

*   大马士革的城门下
      一个信仰者
      祈求暴雨

*   怎样的日光照彻？
      才能使一匹狮子
      进入诗卷

*   一片枯叶如青蛙
      跳下
      母亲的肩头

*   ——和自己团聚吧
      如果夜色
      还在堆积

*   谁在海上？
      谁将一尾白银的蝌蚪
      误作鲸鱼？

*   一个人在寺里
      姓叶的僧侣
      在一座酿酒的寺里，嚎哭

*   请求一行诗
      成为一片坚持的瓦

飞掠江南

* 在水上
  点瓜种豆之人
  目色苍茫

* 白昼为鬼
  入夜做人
  ——谁写下这八个湍急的大字？

* 三个人坐在海上
  先后掐灭了
  湿润的灯

* 乌黑的瓦脊下
  一首诗
  酝酿庄严

* 三道笔画
  写进池塘里，鹅小姐的
  脚下

* 没有人知道，一只乌鸦
  在南方如何
  换衣

* 黄昏的知了
  在起重机下
  群噪

* 平原上的一对盲夫妻
  更像是菩萨
  转世而来——

扶桑诗歌（12首）

1959 年

1. 那一年

那一年，饥饿带走了很多人
候鸟般，他们前赴后继离去
很多户人家，再没有人留下
那些走了的，把尸体留下

2. 我母亲的回忆

我十二岁。瘦得像一根刺
大弟、二弟和妹妹
都没了
每天，我到外面找食吃
像动物。
我在田里挖燕麦草
我在泥塘里挖荸荠
村里村外，到处都是无人掩埋的尸体
到处都很安静。猫狗绝迹
老鼠也很少看到了
那些还活着的，傻了一样

已不知道恐惧

有人偷偷吃人肉。听说
人肉发黑，都是瘦肉
吃人肉者白眼球变红，像上火

3.我父亲的回忆

68 年，部队忆苦思甜
回忆旧社会的苦
想想新社会的甜
战士们跑了题，纷纷讲起 1959 年

4. 我们的粮食哪里去了

我们的粮食哪里去了？
种庄稼的人不知道
我们的粮食哪里去了？
饿死的人不知道
我们的粮食哪里去了？
稻田和麦田不知道

1959 年。
1959 年。
啊，1959 年的太阳。
死亡的光芒万丈的太阳。

2011.9.5

渔 村

每幢房屋伸出
一条歪歪扭扭的小径
像风筝的细线

无数的细线迷宫般交织
向码头汇聚
仿佛,码头撒开的渔网

每一根细线那头有一个
出海的人。放他出去的手啊
每晚,请把他收回来
2009.4.20

雨品尝我

雨品尝我
一滴,一滴

少女的我
青年的我。渐渐
成形的中年
(一个空空的蚕茧)——

它品尝
我命运的盐
2011.8.1

指　令

我随时听候你的指令。为此
我儿子放弃了出生
他坐在星群中,蒙着没有找到眉目的脸哭泣

你不穿传说的黑袍子。你的手也不握
露一点白牙微笑的镰刀

你不用这个,击中我——

你是天蓝色的
你是橘黄色的
你是医院床铺的白色

我是你不死的种子,将一次次重回你的泥土

2011.7.18

生命的真相

啊,更响
更紧了! 岁月的铿锵。一再
提速的铁轨

你不再年轻——白发
在镜中闪耀。这冷下来的
灰,并不意味着懂得更多

生命像一节孤零零被遗弃的车厢,停在
某个久已废用的小站
带着它全部的空洞,在每一扇窗前张望

2011.2.2

软 弱

人之中我爱那软弱的
他们的心佝偻着
一个被救的希望,像攥紧一块
灰尘很厚的旧布
我的痛楚认出——这些族人

那些阔步而来昂首而去的
离我很远——
他们是悬的高高的发光体
不需要我的手
这微小、可疑的温暖

2011.2.1

和 Sainkho Namtchylak 说话

果子熟了
就会落地
死亡熟了
我们就脱离肉身飞去

在怀腹中，我们耐心地
孕育着它
不提前结束旅程
有时，我们炊烟一样轻诉，向某个不确定的
远方
也并非期待倾听

2011.1

泪中的上帝

我所知道的上帝
不在高高的天庭
头上不悬挂铁环似的光圈
脚下也不铺繁琐的云彩，身边
也不围着瘦老头们和胖小孩

我所知道的上帝，不在
大师们的绘画

厚厚、发黄的典籍
不在——可笑的——教堂
或你脖子的，十字架上

我所知道的上帝
居住在泪里
你的每一滴泪里都有一个亲爱的
小上帝，很晶莹
——我唯独对他跪下双膝
2011.1.30

中秋记

在大气的尘埃之上
是拉满了弓的月亮
永不生锈的月亮，给孤单者镀镍——
因此他们爱的愿望永不
衰老，永不死亡
2011.9.10

空　白

我已确知我生命的大半都是空白
它徒劳的怅望未能成为
水墨画里的留白，音乐中的静止

我继续选择忍耐的涂鸦并为它清洗
白色之墨，理顺
恐惧乍开的笔毛
2011.2.15

哀歌者

春天的布谷鸟
秋夜的蟋蟀，是我
在时间中的不同面貌——
原谅我，我再唱不出别的歌了
我再没有别的曲调

2011.9.10

过　年

1.团聚

亲人们都聚在客厅
两盆牡丹开得正好
电视响着，没人看
从六岁到六十岁，每一个
忙着把笑和交谈
填满这一百四十平米的空间
仿佛鞭炮，噼噼啪啪的红纸屑
我也安然于人世欢乐的一刻
没有任何事物能撼动

2.节后

这一阵喜悦的风过境后
突然静下来的客厅乱糟糟
还保留着他们在时的痕迹
我整个人也这样又空又慌——
想要打扫
又想再保留一会，这痕迹

2011.2.2，2.14

森子诗歌（6首）

沙溪，一些倒影

有些想当然，水是水的独联体，
偶尔也会躲进房间啼哭。

拱桥是对驼背的挪用，另一个半圆
不行人，却证实了行色匆匆。

我的逗留只印证了我更多的不在，
针在心尖上刺绣。

你在的时刻才会有不在的幻觉，
就像桨叶划开双手。

孤寂感，有时是蔷薇挑开窗帘，
踮起脚后跟的那一幕。

一会儿是朱丽叶，一会儿是林豆豆，
她们的错误不是时差，是包厢。

活着就要向大地缴纳投影税，
养活牛鬼蛇神。

倒垂的房子并不深入,流水替它表述
远方——众多的亲戚。

这首小诗只是临水木窗上的一个虫孔,
光阴携带鬼针草和艾炙。

它仍是精确的上午和下午,甚至
是不曾露面的主人,你在小街上碰到她。

2011.6.2

零公里写作

一个时间暴力主义者,
所有的路归所有者,逼仄走向蒸发的
资产和腐烂的原野。
远方,无产者的墙是看不见的战友,
也可称为解放的力量。
道路最后交付给天空引申,
空出——唯一的动作。

不必追寻尽头,或者尽头已经消失在心头,
我们消失在可见光处。
消失是一首流行诗,
每个星期上座率一次。

活人的态度将影响死者,
这样说,不是路的事物影响了人间正道。
零公里的叙述者
不等同于零度写作。
吃尽苦头和尽头,做个本源的祭祀吧,
富裕即缺乏,也是这首诗不可能
完成的内因,因为没有

一个设定或预知的读者是完成式的。

多好，就是说天缺一角，你搬来书桌，随之倾斜。

摹 仿

山水摹仿了古人的画，反之亦然。
逃避夸饰早就该认识，
现在亏欠了昨天——债务由喜鹊偿还；

小溪洗净了永远洗不净的脸，
此种悖论朝向杏花弯腰的连续动作，
露出村姑肚兜的一片瓦蓝。

很少见 PK 了先入为主，人去屋空的小院
藏着搬不走的石磨；野蜂小声的哼哼
仿声了飞机引擎，生活摹拟了
不定时的炸弹。

带引信的人更安全，缺陷正好可以
和危机攀谈，是的，一点点，
点染早春的银毫，那是栎树刚理的平头；

连翘枝提前出发，五百里外的一个喷嚏
动摇了春山，一簇簇
不起眼的鹅黄提前通知了铁矿；

锈住了摹仿突然醒来的石刻，恐龙蛋
仿真了石头蛋，
混蛋盗用了天体物理；

聪明人在墓地上绞尽脑汁，怎么死才好
摹仿了怎么活，

汉武帝倾心于露水发作。

一直发作摹拟了人间丹药的药性，
不可能达到了太极，孤独的长生
无春宵一刻尽欢。

所以朽木生春芽，有时是耳朵，
我们爱吃惊的——语音的分支机构，
像牛一样不停地在胃里锄草；

此时、此地、此物摹仿了此心，
交换产了交流电路，所以画理、诗理
都以不触高压线为卧底；

这首诗的背景山摹仿了焦赞，
不相信加深了信以为真；穿越不再是神话，
斧头早就是炊烟的闺中密友，
在你的脚下生辉。

从医院回来的路上

披头垢面——我发觉词库亏欠，
只好借用寒风。
他坐入草丛似乱麻，决定以一团糟
自毁形象。
随风赋诗——我又有新愁。

"他有××的面容。"
"他的脸是矸石发电厂。"
为啥说他像，我从没见过他所像，
潦倒也有才能？
——疑惑带来新烟雾。
像是好像——面庞里有撒折，无知中

横着铁轨，我被光和作用。

"他在受难？"
主观像是在私人会所。
他确实有光，照临我的新愁。
他知道或不知道，
自明是一条半躺着的路，
我走在公路上却四处打听别人的困境。
从他身边经过，我才下意识到，
镜子里——我像一个人，而不努力。

哈尔滨

去年的这个时候，在哈尔滨，
我和空心的教堂照相，
走在向下和向上的石头中间。
在果戈理大街，我看到
荒唐的影子在解读我的焦虑。
我理解了我对故乡
荒谬的爱，与萧红不同，
她的故居与她淘气时
被祖母刺痛手指的尖叫不一样。
坐在岸边，看着松花江，
太阳岛就在对面，我决定不去看它。
我认为后悔总在行动之前，
形式可以离开内容，
被短粗或纤细的手指填充，当然，
严肃的举止更加可笑。
是的，你可以摆布内容，
但精神不在其内，
外表依然在风格的追问中轰鸣。
这样，我的沮丧
便有福了。原本我是冲着实处去的，

落空未尝不是心得。
没什么在等我，是的，是的。
你喜欢积极的否定？不，不。
我心中有两个半月亮。

夜之声

你的声音还显稚嫩，我的也不够反动，
其实是滑板，
忧郁的坡度决定回旋的效果。

回到树梢，
你就像水蜜桃一样诚实，
挑剔的鸟雀对你想象的道德构图不止。

门缝里的世界也不错，偷看一眼，
你就不能收腹挺胸。
我呢，要在你单薄的声音上刻字，

再粗犷一些，笨拙一些。
杨树的笔尖抵着苍穹的小腹，
工具们吹着口哨走向流产的过街天桥。

北野诗歌（6首）

结古寺的大喇嘛

转动你的黄铜经轮
让乌鸦飞远一点，让那些吃人的禽兽
躲到一边去

我们还活着
我们被摇醒了，碗还在，光还在黑暗的外面
今生今世的梦还停留在记忆的废墟里

多么艰辛的一生啊
从牛羊身上借来衣袍，从天空取水
现在又要从瓦砾堆中再分娩一次

挖掘机的大产钳能否轻一点
大地母亲还在抽搐
她让我们死我们便死

而此刻我们还能感觉到寒冷
这是活着的标志
这是我们转世途中必经的深谷和达坂

告诉那些乌鸦和秃鹫
即便我们死了,我们也不是简单的一堆肉
我们的灵魂比它们飞得更高

告诉那些救援人员
即便我们死了,我们也感激他们的恩情
我们都有名字,我们不是一堆,稀里糊涂的统计数字

2010.4.15,写于海边

青州残稿

1

朝发威海卫,日暮抵青州。车轮衔旧土,古歌添新愁。
山河半枯槁,田园多塑料。大棚酿毒酒,民风含农药。

2

沿途山河破碎。
没有一座山还是青色的,还是完好的,还是未经肢解和粗暴开挖的。
没有一条河还是清澈的,还是水汪汪的,还是欢快流动的。
全他妈灰头土脑,半死不活。

3

地膜覆盖下的农业,正在夜以继日地制造着慢性杀人武器。
那些生化武器,以韭菜、黄瓜或茄子的形象,包藏着剧毒和转基因
　　的祸心
它们被投进市场,投进地沟油锅,投进国人备受毒害的心灵和消化道
使疯子立在小学门口挥刀乱砍,使夭亡的婴儿和胎儿一群一群漂
　　在孔夫子故乡的洸府河上
使点钱的手和推油的手忙得不亦乐乎……从而迫使
子在川上曰:逝者如斯夫,不舍昼夜!

4

文明了五千年的华夏大地啊，从未承受过如此惨重的敲榨与绑架！
看不见底线！贪得无厌的欲望
仿佛要从大地母亲的乳汁里咂出血块来
……

2010.4，写于旅途

秋　风

什么力量使深夜的百叶窗哗啦啦啦响
漫不经心的抚弄
像琴键上快速滑行的手指
像海滩上弓着脊背后退的碎浪

秋风代表谁的意志
在这无人看守的裸睡女人的梦呓里
菜刀躺在案板上
月光藏在云缝中

仗着深夜的掩护
我假装看不见秋风的表达
我的心灵日益迟钝
想想曾经的岁月，眼里噙着一滴泪花

2011.9.6，写于海边

题一幅水墨画

宣纸上还有山水
还有雾气
还有浓荫甚至蝉鸣

一只西瓜在高温下爆裂
一群西瓜紧跟着爆裂
西瓜裂开血口，却发不出声音

在这干旱与洪涝轮番刑讯的备受煎熬的土地上
有人拦河筑坝，有人背井离乡
有人向白纸泼墨，有人在地沟捞油

有人整容冒充良种
有人狎妓声称开光
而真相的尸体被拖到戈壁滩秘密处决

而宣纸上还有山水
还有雾气
还有浓荫甚至蝉鸣
                    2011.7.21，写于海边

一车温饱的猪

深夜里一车温饱的猪
在高速公路上昏昏欲睡

脸像白眉大侠，一副吃饱肚子不问世事的样子
滚圆的身子挤在一起，像硅胶垫起的乳房颤颤悠悠

有的屁股朝外，翻卷着时髦的小尾巴
粉红的阴户依稀可见

啊，一车温饱的猪不需要一个过路人的假慈悲
不需要你们他妈的科学、哲学、神学甚至猪权与祖国

向死而生！对，迎着刀子，迎着黎明前的血腥

一车温饱的猪默认这该死的宿命！

2010.3.25，深夜温州—文成途中

上海印象

飞机降落在虹桥机场时，灯火如汤的上海夜生活刚刚开始。
你不需要辨别方向，驾驶宝马或克莱斯勒的人也不需要——卫星导
　　航仪会替你做好一切。
你会感觉到，在我们略显疲惫的寿命有限的肉身之上，确实有另外
一个主宰存在，它仿佛取代了神的位置，高高在上，掌控着每一辆
　　车和每一个人的行动路径。

这种错觉一直把我带到洗浴中心，带到星级酒店洁白舒适的床榻上。

请问，一个潜伏在夜上海的职业杀手会接受卫星导航仪的指导吗？
难道他不清楚他的使命不适合被人造卫星乃至一切人为的装置所
　　引导所监控吗？
他只听从他自己内心的召唤；他只相信他默默祈祷时端坐在他头
顶上的那尊神；他只仰望夜空中属于他的那颗星星。除此之外，他
　　谁也不信。

窃钩者和窃国者明白这一点。

我也略知一二。虽然酒精在我的血液里高喊着揭竿而起的口号。
我是谁？为了什么来到这个灯红酒绿的世界？
我要摧毁什么还是要创造什么？
假如我既不能摧毁什么也不能创造什么，那我就只能是一块被捏
　　造继而被毁弃的泥巴。

但是坦率说，我更可能仅仅是一个携带着一推胡思乱想的过客。

夜上海的灯火啊，比我的想象大；但是比黑夜小，比人性中的兽性小。
开宝马的妓女昼伏夜出。骑摩托的毛贼快走如飞。

运钞车鬼鬼祟祟贴近银行。满载海鲜和冻肉的冷藏车挂着大铁锁，
播放着送葬的欢歌。
而黎明的洒水车踩着萨克斯的节奏为城市敷上亮晶晶的保湿面膜
　……

而我的毛孔，因为吸食了足够的盐和奶以及冰与火，而更加焦灼。

看哪，东方明珠暗淡无光！
在雨水高挂的浦江东岸雾蒙蒙的空气里。
在铁十字勋章一般盛气凌人的金茂大厦的棱角背后。
当电梯以每秒 9 米的速度将游客送到环球金融中心 474 米高的观
　光天阁。

物质的高度多么容易被超越啊，假如它不具备精神的神秘内核。

我们被告知，这里是地球人今天所能达到的最高观光平台。
但我怀疑站得高是否真能看得远。
开飞机的人未必就比骑驴的人更懂得福乐智慧。
洲际导弹也许还不如一把菜刀。

终将归于泥土啊，即便灰尘飞得再高。

2009.3.29 追忆于海边

王敖诗歌（4首）

绝 句

半月峡湾的落日，与奔跑着把人群
赶向黑夜的裸警，是不是睡眠抄袭死亡的一次曝光

还是多枝的天空下，持灯的鸢尾花背着螳螂，调笑这拿镰刀的

子夜歌

谁在生命的中途，赐予我们新生，让失望而落的
神话大全与绝句的花序，重回枝头

中年的摇篮，荡漾着睡前双蛇的玩具，致酒水含毒
遥呼空中无名的，无伤的夜，是空柯自折一曲，让翡翠煎黄了金翅

无焦虑先生传

跑在我身前的，去远方
点亮钻石与夜的杯影的小狗，詈骂我逆天的
不睡与不动，它的空禅与蜡烛

是我记忆里，空蝉的长翅，舞如金黄的车轮
与它的自燃，随我的隐现，筛过潜然的暖雨，而我是波塞冬

微小的邻居，手持笔立如奇峰的，崂山可乐之灵
像无花的树，栖息在他们天使的爪下，天体的蓝宝石

是既醉而退，专攻昏厥的匪盗，前来辉映我们之间那不公正
但对称的律法；而海洋生物对我的齐声呼唤，是明朝神速遗忘的花环

给过往的诗人朋友们讲的三个寓言故事

1

你的至爱站在最光明的一圈，看到梭镖和羽箭把她并不认识的，你
　　所恨的人们打落
向下旋转的梯田，但你内心从不说谎的诗人，夺来桂冠仍愁眉不
　　展，滚着螺丝的纹路，在床上
与蝙蝠打斗——窗外的海上，小船漂如撕破的豆荚，有鱼三小时的
　　生命，有宇宙拼写着

关于吞噬的法则，还有你失望地投向自己的小笊篱，让她穿梭在波
　　纹间，而跳水的人
或者她的前身，代替你去敲门里的海平面，敲开辜负了你的时间
　　表，与随风沉没的神曲

2

深处不动的，发射看不见的金光的生物，与居住在矿物国度里的反
　　舌鸟，等待海啸在远方
吹来丝丝渺茫的音乐，你何不发明飞舞龙纹的电梯，还是你忘记
　　了，谁曾经在无眠的夜里
最爱预言白色的光环降临，然而每一次死亡，都像带走你一小点的

侵蚀，或泪水成冰的眨动

当你走入她浅笑的涡轮，手扶波动的井栏，你纵身返回如仰望之
　　蛇，回想万物的啄食
痛苦的集市上，熄灭的小灯仍在摇曳，紧闭在你的眼睛里，叫卖着
　　与你一样冰凉的沉船残骸

3

插花与投币，扭结了空间的十四行。你退休后买下的与河流同行的
　　船票，指向海浪升天的傀儡戏。
所以你口袋里藏了庭院的种子，家具的遗书，还有任何宠物和你，
　　和你和任何爱，所以你
就是你离开的理想，圆形可以扔出的一无所有。但当你坐在熟透的
　　沉默里，回味一切

与三十七颗星，你看到了月亮的秃头，你听到了对英雄的十二声诅
　　咒在循环，而她升降如水银
另一个她在她的脑海里，为你挂上孤帆的飘带，你回头看到海底，
　　未来的草稿也沉给了爱丽尔

庞培诗歌（1 首）

谢阁兰中国书简（节选）

1

有什么证明我白衣飘飘
曾在海上旅行？
我有过开始吗？我又在
哪里终止？

2

一阵咕咕喳喳鸟鸣声落下来
仿佛覆盖这段灰暗日子的花瓣
哦，北方的清晨
多么辽阔
秋天一动不动
停伫在白云间
透过一排排的密林
人察省自己的悲伤
阳光，从山麓草丛间的蟋蟀声里
漫漶开来

3

我想住到一棵树的寺庙里去
住到声音斑驳的大树冠

在那高高的树梢
那里我的睡眠会像风一样
保持着海上旅行时的痛苦新奇
随着宇宙间不灭的尘埃
一起颠簸，仿佛我的命运
我的睡眠，我的身体是一个海浪
在夜里翻开来自印度的经卷
我的灵魂是古老的梵文
早在出世之前，已受过寂灭、涅槃
啊！在销毁一切的海浪声里
涌现我个人生平的奇特资料、微弱声音的文件！
我的名字，我的信仰
风一样吹向干枯的大地——

4
我是另一个我
我是一个住在寺庙里的中国诗人
他每天只是担水、舂米
在松林里辟开一块地，种菜
我是这样的诗人
赤脚在山中石径
和林中跳荡的阳光一起问候
每天在万物静谧里
研读更加古老的诗歌
守护清晨林中第一道薄雾
那薄雾仿佛矮矮的石墙，仿佛轮船
自海上升起
……我端坐窗前，在另一个清晨
我将归来

5
啊！
来到中国
我多么年轻

脚下的这块土地
又是多么古老！

温柔与强暴
坚韧与脆弱的奇特混合
如同太湖和长江
黄河与紫禁城

我在纸上一遍遍抄写我的忧伤
我愿匍匐在辉煌落日的苦痛里
当塞外的骆驼队在长城脚下
仿佛被焚毁的家书一样经过
我在驼铃声中听到亲人的泪泣
我远在法兰西的
年幼的妹妹！

可是当悲伤说出口
我是多么年轻
我又是一个人——无论怎样的荒凉、黑暗
都只身前往
有一天我走进了一部古书
虫蛀的孔眼。在《尚书》里
遇见了"希腊"、"巴比伦"……
这样光辉的字眼

6

我的心在沙漠的波纹间碎裂
我的到达仿佛一幢轰然倒塌的砖塔
塔高九级。在第一个百年
是一座隆起的废墟
慢慢风化。在第三个百年
化身为尘埃，有着
佛骨舍利清凉味的尘埃
当一阵北方的风沙

黄昏时尾随我到达秦岭
露出汉画像砖上的铭文
我置身其间的这个东方国度
恍若露出旷野的墓道……

我的额上从此留有庄严
我的肤发从此映下浩瀚……

7
风景的全部涵义，不过是
树木喃喃低语
一名远行者能到达的，只是他可怜的心
遥远的边疆，坡上牛羊成群
这正是火车不受旅行者青睐的缘由
夜晚，我的影子如同一座积雪的山巅
有人遥望那座山峰
想起一首喑哑的歌曲

8
一大早
我抱着《圆觉经》
像抱着你年轻火热的身子
啊！玛沃娜

10
恒山脚下
盛产稻米和佛教
黄河两岸
流淌孤独和抑郁

11
我独自写信
信以及写信人已被烧成灰烬
我独自旅行

穿过海面雾蒙蒙一座孤岛
我独自爱
最终所爱的人比我更孤独
我独自回家
枯草的家。北方的家。积雪的家
一场大雨中窗户数出空洞无物

12
昨天,我们在沙漠里
仿佛步入了浩瀚星空,我们的骆驼队
被流星的锁链锁住了
整整一夜,跋涉在
北方极寒的乡土
我的灵魂是古中国苍穹底下
的石磨。是天明时分
一道霜迹。在万千霜寒中
我痛苦而消瘦
是其中苍白的一粒
攀附在长城脚下的荒草丛中
我们的旅行从未完成
一开始就燃烧成了眼前这堆篝火
火光,吸引了四周旷野草木的寒气
树林深处千古的贫困
宛似泉边伫立的瞪羚的眼睛
……昨天,我度过了
我在中国的第七个生日
我独自走过汉江边的乱石滩
惊异于对岸莽莽群山,仿佛
亲手点燃蜡烛的生日蛋糕……
在这里,我想起兰波
想起古代诗人陆游,也像他一样
雨中骑着毛驴
过剑门
我那乱石崩云的一生

在无限蔚蓝的头顶，归于空无
我是一座被砌的古塔
是古画被磨损的一角
是佛教教义或论文
是讲经、转法
是他们的新生
冰冷光滑的镜子
是爱情惊人的萌芽，但却无情地
要求弃绝
需要在荒凉戈壁滩，坚持生活，呆很长一段时间
无论世间怎样的别离，都治愈不了
自愿禁欲
行善或忏悔，都是徒劳，都是一纸空文
我的一生，是对美，对远方的
无益的尝试
唯其无益，才显得高贵
才比美更美
昨天……我来到这比美更美的国度
我步入闪电的门槛
我的马蹄下踏着飞燕似的
金沙江、嘉陵江
江水奔涌不息，瑰丽，如此骄傲
像某人一周内写就的情书
大地空寥
酷似矗立的墓碑
是天亮前夕淋雨的碑石
昨天，我着手撰写远古
骄傲地低头聆听
人类悲伤的心跳
我的马把我带到山西的
应县木塔前
灰白而无语
在这片伟大的国土深处
我冒雨度过一个黎明……我的心

仿佛远处伫立的不知名的村庄
那里的晨雾中
响起第一声鸡叫，召唤着
我那远在法兰西的童年
塔檐的风铃，久经风雨
铃舌一样的诞生地！
仿佛江南三月的油菜田
行进中的火车头！
啊！我的《历代图画》
我的《古今碑录》
我的《悠悠远古》……

13

我给你寄的，是一种光芒
是经海上痛苦的颠簸过后
所到达的永恒
是新近上市的福建龙溪茶
茶叶般平静的智慧
是自豪与怜悯
（啊，石头热得发烫！）
随信付邮的还有这里摇摇晃晃的夏天
山脚下清凉的碧云寺
那里的五百罗汉……但愿
我能把那里的时间吞噬老化
那寺庙空间里仪仗队的行进
芬芳的木料，倒塌的屋梁……

我同时寄出我的忧郁，我对你
重重飞檐，红漆金身的绝望的思念
那种吉尼奥尔的暗红色①
坠落。古旧的景泰蓝、玉器和花瓶
哦！我的姑娘

注①：法国18世纪末木偶戏中著名的人物。

谷禾诗歌(9首)

怒火之诗

灾患无处不在,死亡无处不在,怒火
如果不在此处集结,绽开烛光和花束,必在
另一个地方席卷更大的风暴
我们在尘埃里偷生,用麻木绘画辉煌的上帝之城
我们断折的翅膀,能否扇起蝴蝶效应?
但刽子手仍然在厅堂里喝酒、打牌、狎妓
当他们醉倒,顶灯照亮一个个肥头大耳
垂在床边的那只脏手,暗影里闪闪发亮
——就在昨晚,我们刚被它逼签了城下之盟
我们在尘埃里偷生,过着鼹鼠的日子
嘲笑失足妇女,并在她们的不屑里出城
我们在冒着气泡的河流里潜泳,抬眼望见树杈上
舞蹈的鱼。装着假肢的大雁
模仿飞机失事,一遍遍俯冲下来
空荡的村子里,留守的老农把脱落的假牙
和炒熟的麦子一起埋进泥土。但来年的颗粒无收
不是我的,来年的求告无门也不是
在钢铁的熔炉里,每个人都是助燃的黑炭
都是火焰的一部分,都是熄灭的灰烬
我们以泪洗面,我们花枝招展
燃尽了自己,也不能把自己照亮。没有致敬

没有哀乐荡漾。我们身下的大船
不是诺亚方舟，它如何把我们带向
遥远的亚拉腊山？绝望中我们呼唤月亮的影子
呼唤密匝匝的星空。我们活着
在世界的角落，在尘埃里，仿佛一颗失败的种子……

爱情之诗

爱情能在我们的身体里驻留多久？
瞬间或永恒？当时间牌健腹机一点一点地
挤去我们身上多余的脂肪，你仍然在健身房里
挥汗如雨，制造爱情曲线
但爱情不能塑形美体，不是飞行器，不需要导航仪
也不要躲避雷雨和闪电。不是甜蜜的蜂窝
不要蜂王盘踞，成群的工蜂
做田野的采花盗。不是槐花、枣花和百花
不要你以命酿造，贴上标签，摆上货架
爱情能在我们的身体里驻留多久？
我们的嘴唇咬合着，仿佛精密的齿轮
如此也不能指证你的齿间留着爱情的香气
当有船开来，河边垂钓的人，眼皮不抬地
注视着鱼漂的晃动。而鱼在水下，只盯着
诱饵起伏，等待钩口夺食，这是鱼的弱智吗？
有时候，爱情突然现身某段音乐里
恍如衣袂飘飘的幻影，但你抓不住它
仿佛它只存在于演奏的过程，而和乐器
以及音乐无关。你当然清楚杜鹃并非子规
但当杜鹃啼血，你分不清它是鸟
还是山花。风吹起一地的落叶
在鸟儿尸骨的缝隙间，留下不同的形状
我们说爱情在天上，在水里，但没有勇气
达于永恒？一直到今天，我们赤裸的手臂上
仍然留有骨头的斑纹，仿佛虎豹的徽章

我们继续追问：爱情能在一袭婚纱里驻留多久？
能在神父的祝福里停留多久？能在剔透的
钻戒里停留多久……能在虚无里停留多久？
时间消失了，风吹寂静，波浪把虚无推向天边……

雨水之诗

雨水从更高的地方落下来
落在周围和我身体里
是否之前它一直以雨星、雨滴、雨点、雨丝
雨道、雨帘、雨瀑，以及我无法想见的
其他形式存在着？现在，它落下来
落在周围和我身体里。当我仰面
它必相遇泪水。当大海仰面，它必相遇海水
（当乌鸦也仰面，它相遇什么？）
但最终，它仍以雨的形式
从更高的地方落下来
浑浊或清澈，穿石或破纸，带来灾难、死亡
也带来鸟语花香，青草的澄明
我穿越了多少森林，才来在这片开阔地
把雨水扶直，从中年眺望远方
原野辽阔，寂静，却生生长流
当轮胎划开雨水冲起来，冲破云层的包围
我抓住了更高的闪电，更高的蓝
而高过雨水的云层来自哪里？更高的
闪电和蓝，来自哪里？
雨水继续落在周围，落在我手上，落在
我身体里——
弯曲，缠绕，渐渐弥漫了天地
那雨中奔跑的面孔，接近于虚无，不存在……

雪之诗

雪落无声,世界归之于宁静。屋顶在雪线上
闪光。连绵的河流、山冈。白皑皑的树枝
托住了鸟巢坠落的速度,散开的鸟,在雪地上
跳动。偶尔飞起来,恍如幻影,和雪一起
抖着鬃毛。当寒风吹起,雪的嗯哨
在我们的耳边制造喧响。你抬头时看到了什么?
雪落无声,是否少女之春天在绽放?
啊不——是雪落的噪音太过高昂,遮没了
你的听力,世界才静如一朵花
守着这雪,无声地,飘向身体的每个角落
你在雪中一直走下去
去看镜中白发,去出梅入夏
去把一壶月光饮了,醉成踏雪的石头

草垛之诗

少年时光,我常在草垛间迷路
一个一个的草垛,藏着我说不出的秘密
大地上,它低于泥土,却高于云朵
它向上生长,带来冬雪、炉火、深藏,牲口的咀嚼
父亲的鼾声。当春天来到
我从弥散的灰烬里,最后看了一眼它孤单的转身
一个一个的草垛,在属于我的黑白记忆里
承载了炊烟,落日,疾病,一个少年的悲欢
当暮色四合,它不在母亲的唤归里远去
而是栖满了星星的光芒
在此独享背靠草垛甜蜜睡眠,梦见邻家少女的吻
那时我想草垛会生根开花,生生长流
但一个一个的草垛
如今都去了哪里?我用一个失败的中年
表达着对草垛的敬重

大地上灯火明灭，独寻不见草垛哑默的身影——

阴影之诗

阴影不断生长。但如此不足以证明
它必在未来占领世界，我们的身体和灵魂
"为了看看阳光，我来到世上"
我们从母体里呱呱坠地，张开眉眼
好奇地打量世界，仿佛草尖上的露珠
如此的圆润，透明，清澈
多美啊，我们从母亲的掌心站起来
在父亲的臂弯里舒枝展叶，用鲜嫩的哭泣
表达内心的欢乐，和悲伤
我们在阳光下撒欢，阴影绊倒了
也不喊痛，而把它理解为阳光的一部分
我们在大地上种植葵花
种植孩子的笑脸，把绵绵的爱
酿成蜜汁和酒浆，送给相遇的人
有时我们也陷在阴影里
流下屈辱的泪水，长夜里坐等天明
如果这时手指发光，一定是自我之神
召唤你从阴影里走出来
去到缤纷的大地上，诗意地劳作和安居
我们安静下来，如一棵草，一棵树
一只昆虫，一只燕子，一座山脉，一条河流
我们真实地活在世界上——
在悲伤里也在欢乐里，在阴影里也在阳光下

自行车之诗

我有过四辆自行车。一辆永久牌
加重的车型。那时我十八岁，在小镇上教书

我用三个月的工资买来了它
我骑着它,回村里帮父亲收麦子
去县城约会女友,每天去邮局取回订阅的报刊
这个顶呱呱的家伙,一路载着我
风光无限地飞驰在大路上
如果不是晕头晕脑地扔在了邮局门口
我不会有接下来那辆28型凤凰,闪着银光的
小尤物,它在我梦里,也系着小偷的牵挂
终于在一个月明之夜消失了踪影
那一年,女儿磕破脸,妻动手术,父亲外出被收容
倒霉事儿一桩接着一桩
它的丢失不过是我又触了小霉头
我甚至怀疑是小尤物主动选择了出走
第三辆只能算一夜情,我从车行里买来
扎在楼道口,去到屋子里招呼妻出来过眼
转脸已被谁顺手牵去
最后我买来一辆二手,骑着它,转遍了
这个城市的大小胡同
直到把它骑成一堆废铁
我的自行车人生,我的被时间磨损的青春
因为一次次丢失
才作为尴尬的供词,被一首诗记录下来
在消逝的途中停留了一会儿

拆

一面墙壁上写着一个大大的"拆"字
一座房子上写着一个大大的"拆"字
一个城市被"拆"的铁器照耀
石灰的,油漆的,墨汁的,高矮胖瘦的
红色的,黑色的,白色的,斑驳陆离的
毛笔的,笤帚的,排刷的,刚劲稚拙的
一个个"拆"字排着队

仿佛在走几千年汉字的 T 台秀
一个个"拆"字上被画了圈儿
仿佛验了正身,判了极刑,彰显着
宣判者的权威。"拆!""拆!""拆!""China"
拆了这面墙,拆了这座房子,拆了这个城市
拆了我的家,拆了这个一脉流传的国度
你能拆了我的诗歌——这个世界上最懦弱的
钉子户吗?它要以命相搏,守着
最后一寸白纸的疆土
它要在我的身体里自焚,去追随失去的家国——

诗片段:在河流终结的地方

在河流终结的地方——是的,不是消失
也不是干涸,而是终结——
一个疼痛的词,缓缓摊开我们交错的掌纹
呈现纷乱的命运线和爱情线
在河流终结的地方,不是更广阔的河流
海洋,不是沙漠和驼铃
不是万木浩荡,不是晒矮的村庄,不是秋风
刮过旷野,不是坟草和乱石
也不是生死疲劳,星月隐现,蝴蝶扇动风暴
在河流终结的地方,寂静如斯
如果有一个人——噢,不!一定有一个人
唯一的老人,唯一的孩子,唯一的母亲,唯一的父亲
真实而又虚无——
他变幻着身体的光,让我们肃然起敬
以为是神迹显现
他站立或奔跑,恍如带走了千万条河流
独留下我们,在苍茫的时间里,迷失了来路和去路

沈木槿诗歌（8首）

轻 蔑

她趴在桌上，
像只不会说话的鸟。
垂落指尖，垂落毛。
失望是静电慢慢消失的过程。
失望是饮弹后把头偏向一隅
蔑视自己。

凝 聚

醒来的身体
溢出微小的惊慌。

看我入睡的人已离去。
留下一个屋顶，倾斜着雪。
一只柠檬，在桌上
凝聚着光。

我似乎被爱过，
在一种注视里，均匀地呼吸。

夜深了，郊外的树和树微微靠拢。
唱片在冰层的潜流下旋转。
鱼和星辰闪烁。

你走了，
溶入酒，别的男女
和密集的雨中。
我在枕下一部传记里
摸索，每个词语里的故事
一旦发生，
就不再失去。

禁　闭

蝉鸣沸腾。

有人掀动纸页，在注脚中
触及去年的唇。
沿着楼梯提升上来的忧郁，
热带动物赤裸的忧郁。
狮子星座在极限飞行中
彻骨的明晰。

她再次蜕落。
街区像一口集装箱，
四壁起伏着
碗碟，匙，和孩童的尖叫。

戎马生涯

清晨的马出门时，
我刚睡下。

马蹄
像是踩着我的末梢
啪嗒啪嗒
过去的。
我像是卧在沙场，
风沉沉地吹过战袍，
伤口正迅速
收干。

那一次我走山中夜路，
像踩在野兽
敏捷的肌腱上。

还有去冬，我腰间佩着
一把英吉沙刀。
牛皮鞘
绿色，
巴旦杏花
红色。
沙漠里没有
其他，没有
从和田到乌鲁木齐的
鸟。

无论如何
明天要骑马。
一直骑到山顶
或北大，穷困的沈从文
只能从碧云寺
步行到城里。
跳下陡坡时，他听见
暗中
骨节的抖动声，
像农作物

在拔节。

某个时候，我肯定我也能。
毕竟
我也姓沈。

题沈周《芝鹤图轴》①

我见过这样的苔藓，
从树下到树上。

那随便的人坐卧于石上，
隔着溪流，凝望这古代的鹤。

树荫在头顶堆积。
水环绕沙洲
无限运动。

要保持这些事物的从容。
最终，我依赖它们而生活。

注①：沈周（1427-1509），明"吴门派"山水画大家。

云上的日子

吃过泡饭的五个人
两个叼了烟，趿着芒鞋
为一部喜剧
骂骂咧咧

第三个在打算
夏天组建的乐队

树下,在香山,稍稍凉快

另一个隔着郁积的雾,狗吠
猜测过去的情人
情人的情人

最后一个已离开
打着饱嗝
从马戏团摇晃的悬梯上
抽身飞离

智慧七柱

午夜,我的世界右侧
一粒龋齿松动。

连环画中的马,撞翻地窖口的栅栏
在少年胸前凝神了片刻。

过道里一阵风,
擦肩的男女泄漏呼吸。

暴风雪后,
探险者和主妇合拢牛皮封面,
不理会眼角的油脂。

被入冬的银杏家族簇拥着,
村子稳若鸟巢。

九岁那年第一次失眠,
满屋子晃漾的秋千。
二十九岁了。狼的肩胛上
我持续着高烧。

江流改道的岁暮，
体内的警报器及时响起。
铁轨和牙龈抖了一下，
我咬紧秘密的引线。

今 世

风吹动我脸，
吹动四月初的山尖。
月色里凝蜜。
尤其是跟恶人或大白鲨十过
昏天暗地的一架，
趾缝里火星灭了，
躯体在月下
凉若玉章。
我定是有过被漫长囚禁的前世。
念桃花迸裂在无人的山谷，大步流星。
念青蛇蛰伏于地底的夏日。
所以今世，是枕着西山的苍苔
痴人说梦。
今世风吹动我脸
是一夜杨柳青。

王夫刚诗歌（1 首）

祭父稿

1

他属龙，生于枪声不请自来的战时。
他的一生却像一条泥土中的
蚯蚓：兵燹的家乡
早亡的父母，使他的童年
对饥饿充满恐惧，他甚至没记住
自己的生日。六十岁时
他指定中秋节那天
作为自己的寿辰庆贺日
他的意思是，只要我们过节
就忘不了他的生日。
他的年龄不像他的生日那样
因无据可考而举棋不定
属龙的他，如果出现十二岁以上的
记忆误差，可就太夸张啦。

2

四十年前，他身着戎装
在青岛的照相馆里留下一份

两寸大小的英俊记忆。
他的妻子则在老家
生下了他的长子——未来岁月里
一个名声不大的业余诗人

三十年前,他为社办工厂
购销产品,拎着黑色的人造革提包
走南闯北。祖国就像
一个被一再放大的村庄——
除了台湾和西藏
没有他没去过的省份

二十年前,众多苹果随他长途跋涉
烂在黄山脚下的绩溪县。
揭竿而起的致富路上
失败并非不能接受的
商业绝唱。自此他安心与几亩薄地过招
还债成为逐渐减负的生活。

3

他喝酒而不酗酒,没进过学堂
但不妨碍写信,看报
谈论被处绞刑的萨达姆——
无师自通,在我身边不缺教材。
他的暴倔闻名于全村
我在青春期曾被他拿马扎
砸缺一角;吵架后
他能长达数月不理会我母亲的示好。
晚年他跟我的叔父商量
试图给他们的父母立一块
墓碑,他从没对我
提及此事,而我也佯装不知
(为了出师未捷的遗憾

不伤及他摇摇晃晃的自尊）

4

医院里的机器告诉我
这个瘦削的老头
就要被一阵春风刮走——

生命的倒计时毫无新意。
有时，总是
世界的胃难以盛下

一己悲欢：除了我
只有我，走向这个孤单的
老头——在茫茫人海。

5

　　他的"大如船坞的忧虑"让我左右为
难，不过，仍有足够的时间研究对策。问
题是，时间并不值得过于依赖。我不相信
病急乱投医，身边的人，也不鼓励我倾家
荡产，为他体内失去控制的癌细胞豪赌一
把。他唯一的女儿嫁到另一个城市，但打
工的身份没有改变；他的另一个儿子，早
在三年前的一次车祸中就已置他的余生于
不顾；村子里和他同病相怜的人，有的还
在挣扎，有的已经入土为安了。清醒使我
痛苦，却令他绝望（不能在枯枝上凿刻笛
孔；不能在父子间求证形式主义的父子至
亲）。这个别人的春天，这些"肿瘤不是
癌症"的善意欺瞒，掩耳盗铃的表演，命
令他沉默，藏起自己的想法。

6

所谓的保守治疗，就是
每天到医院接受几分钟的光线照射
吃一种价格不菲的西药
我的母亲后来跟我说
他曾捏着药片自言自语地嘟囔
"一天，就是一百多块。"

他肯定还有更多的换算方式
没有说出来（世上昂贵的
东西，不是粮食
也不是家中的牛羊）
没有公费医疗证的病人
对金钱的任何理解都是允许的。

7

他的身体日益凹陷，骨头上
盖着皮肤，像一张有气无力的
纸（多么蹩脚的比喻）
医生给他输液，越来越无处扎针
最后的日子，他紧紧地
攥着我母亲的手
不肯松开——春秋有别
他头一次如此漫长地紧攥着
我母亲的手，不是爱
而是眷恋式的悲伤——疾病
这人生的滑铁卢
记录了他婴儿般的脆弱。
但愿我的揣度不构成对长辈的勇敢冒犯
在第三人称的误会发生之时。

8

披麻戴孝的葬礼，以他
合上眼睛作为前提
我跪而不哭——
这并非多年生活在外的额外收获
而是我的性格使然

我的性格？我没有性格。
在我身体里奔走的
是他的血。春天之后
还有另一个春天
他走之后，我沦为半个孤儿。

9

　　最后，谈谈他的墓碑，一个多余的话
题。他的坟墓在村子北面，靠近父母，但
与他葬于村子南面的大哥和小儿子却只能
两相怅望——这是一个微妙的遗憾暂时没
法弥补。坟头上，夏天草木葳蕤，冬日黄
土安静，和其他墓堆没有什么区别，一如
人间的出生入死，一如怀念使乡村的黄昏
呈现出被忽略的寂寥。他的坟墓被修成双
穴，按照风俗，要等到我母亲百年以后他
们才能共同享有一块带文字的大理石，得
到一行属于他的注释：王保群（民国二十
九年——二零零八年）。这意味着，目前
谈论他的墓碑的确是一个多余的话题，不
说也罢。所幸我已在他的墓穴里放置了香
烟、白酒、茶具和一副象棋，这些都是他
生前喜爱的，如果有人把它们视为他的墓
志铭，我不反对。

江离诗歌（6首）

鹿　群

一天不会是值得纪念的一天
我在担心我的鹿群
它们离开了我
而每一次技术听证会过后
就会离得更远一些。
已经一个星期了，雨使交通
陷入了瘫痪
已经一个星期了，我们又纠缠在
是与非的争辩当中
——这就是愚蠢但必不可少的方式吗？
灯火通亮的会议厅里
我在香烟纸的背面
列出了不可征服之物的一个子集
并又一次想起我的鹿群，想着它们
对危险具有的天生警觉
但却会因为鹅黄与火红间杂的美
而忘了翻越一座秋之山
想着它们的耳朵

是出于对远古风声的一种怀念
而它们所获得的记忆
不会多于一片落叶中的霜华
也不会少于雪后辽阔的孤寂
哦，麋鹿，在我睡眠的漂泊物中
多出了一对对蹄印
而我将摘取虚无主义者的虚无
献给这个你们要安然度过的冬天。

不　朽

一个寒冷的早晨，我去看我的
父亲。在那个白色的房间，
他裹在床单里，就这样
唯一一次，他对我说记住，他说
记住这些面孔
没有什么可以留住他们。
是的。我牢记着。
事实上，父亲什么也没说过
他躺在那儿，床单盖在脸上。他死了。
但一直以来他从没有消失
始终在指挥着我：这里、那里。
以死者特有的那种声调
要我从易逝的事物中寻找不朽的本质
——那唯一不死之物。
那么我觉醒了吗？仿佛我并非来自子宫
而是诞生于你的死亡。
好吧，请听我说，一切到此为止。
十四年来，我从没捉摸到本质
而只有虚无，和虚无的不同形式。

阿拉比集市

一首诗有它的原因，它的结果
可能并非如你所愿
十多年前，父亲揍了我一顿
作为抗议，我离家出走
跳上了一辆驶过的汽车。
也许你们一样，挨过揍，然后等待
随便去哪的某辆汽车将自己带走
可一首诗能将我们带到哪里？
它生产着观念，变换着花招
它在享受过程的快感中取消了目的。
就这样，我，一个莫名其妙的乘客
看着阳光下两边耀眼的树木、村庄掠过
而一阵晕眩，年轻岁月的风景
在迅速退入记忆的后视镜。
最后我们到了哪里？
一个后现代的阿拉比集市？
那么在一首诗中我应该敲碎它、拆散它
重新编织它，在里面加上反讽？
当我们不得不失望而回
事情的因果将被倒置：
我跳上了一辆汽车，离家出走
作为惩罚，父亲揍了我，那是在十多年前。

宴席之间

窗台上，花木迎来了夜露
你知道，软弱时
连轻寒都能钓起一片悲伤

席间，贵宾们锋利的目光
又一次检视了我来自小镇的谦卑

和不为人知的骄傲

作为回赠，我用冷漠
匹配了清谈
只有无知的天使，仍在即兴表演

我知道我已错过太多
在感官的真知和自我的信念间
如果我不能成为一个好的信徒

那就让我回到花木前
用灰烬后剩余的
热情，修剪出一方合适的黄昏

沙滩上的光芒

春日的沙滩上，一片交织的
光芒在流动
有时它也流动在屋顶
高过屋顶的树叶，和你醒来的某个早晨

那是因为，在我们内心也有
一片光芒：一种平静的愉悦，像轻语
呢喃着：这么多，这么少
这么少，又这么多

像一阵风，吹拂过簇拥、繁茂的
植物园——
但愿我们也是其中的一种
并带着爱意一直生活下去

这使我们接近于
那片闪烁的沙粒，以及沙粒中安息的众神

非同寻常的晚祷

葬礼结束了，结束的还有
围绕着耳朵的痛惜、同情和非议
他为他的如释重负感到歉疚。
但在心中，他知道
他爱她，甚至胜过以往——
她的气息弥散在厨房、卧室和梦中
那些忘记的承诺像雨点敲击着窗户。
他觉得她也同样爱他
因为怜悯而回到他的身体里
并为他祷告。
他后悔从未留意她祈求的是什么
否则就能陪她祷告，即使只有一次
这念头如此强烈
于是他站起来，从房间取出经文
十指交叉到胸前开始念了一段
尽管不清楚从哪里开始，又该在何处结束
又一段，专注地
站在淡黄色灯光包围的房间里
再一段，对着窗外暗淡星夜的无穷空阔。

黄礼孩诗歌（7首）

困　顿

秋天之后枯叶又深了一些
野兽惊骇的表情
很快消失在灌木丛中

我不属于别人
我有着信徒的生活
我依然暧昧
爱上时代的困顿

我从来不隐藏自己的恐惧
那些陌生的落叶
因为春天，它又成为地上的礼物

火焰之书

暮色透着薄薄的光
愈来愈近
我承担着今天的一切
旋转的早晨

落日一样平静
像神的故乡

明天再柔弱的大海
也会升起太阳
海底的火焰之书
纵容了我的心
动身去朝圣

种　树

旷野的花在大地消失了
果实腐败枯干
它比石头的指纹还要坚硬
神说,在此地种上树木
让困苦贫乏的人寻到水源

我种下树,一道道祈祷文
到达那已被无数次想象的天堂
绿叶上的光芒,追逐着风暴
风暴啊,你雨水的心肠
要在这荒芜的旷野走遍

遗落在旷野上的绿宝石
远远地被路过的人看见
他们在这里停下来,掘出了泉眼
他们中的那人说:"神啊,我的心切慕你,
如鹿切慕溪水。"

那死里逃生的人
脱离了恶和恨成为义人
还有我的心和所有的心
它们迟钝,但终被泉水穿过

那银河上来的隐秘声音
仿佛又来自人间新筑的鸟巢

天国在孩子们中间

天国在孩子们中间
在四季明净的底部飞扬
他们小小的手飞出光线
声音跳跃　竖琴美满
人间的歌唱坐在门槛上
孩子们
围着古老的星斗跳舞
他们献出新乐园的谦卑
这些无限小的神灵
一直在那里

飞鸟和昆虫

我在大地上
等到一只鸟回归树林
它鸣叫的时候
我知道飞得再高的鸟
也要回到低矮的树枝上

我一直在生活的低处
偶尔碰到小小的昆虫
当它把梦编织在我的头顶上
我知道再小的昆虫
也有高高在上的快乐
犹如飞翔的翅膀要停栖在树枝上

飞 扬

树穿过阳光
叶子沾满光辉
我静静地站在那里
闻着树的气息
树叶在飞扬
在散发着新的气息
我不能飞扬
我对命运所知甚少
常常忘掉一切

一棵树

夜笼罩着树的身影
树叶被雨打湿
仿佛黑　一层层积压
看上去有些重

树站在黑暗里
看着周围
小小的心　紧紧裹着
不闪耀它自己的皮肤
它听见黑暗的周围
风吹过来
有低低的喘息
像叶子就要飞起

李郁葱诗歌（6首）

春　日

姗姗来迟，谁意兴融融？
当樱花缤纷，是什么迟迟不归——
小声地说，怕。绚烂时刻，在香气缭绕的蓊郁里

草草看去的视野，这辽阔
缤纷于蜜蜂的花翅：它负担一个怎么样的世界
会更好，或者更美？

谁出游的计划，在风和日丽里
脸庞犹如春雷的一瞥？
它轰鸣，带给我们细微的颤栗

我允许这插图误会了我的人生
——只因为它足够美
在我冗长的流水里，它是那斜逸的美人鱼

打碎了多少落花，而她只是虚幻中的声音
如果听到：像一个孩子的嘀咕
在这嘀咕中他又蹿上了一小截

这潦草的四季，他是我看见的春日
请让他有一个远大的前程
在这样的光阴里，请允许我的悠然

2011.4.12

鸟

如果说改变，在仰望的时候
不过是飞的方向
它婉转的曲线，呈现一个无限的蔚蓝
它飞：像不能停留的风
在掠过时被倒影所诱惑
它有自己的秘密，在呈现中滑落
我们叫它鸟，折出它的形状
我们有飞的念头，总在身体的某个角落
像是被秘密携带着的钥匙
我们似乎打开了门，在它向上的
冲刺中，它找到了它的方向
而我们享受着俯冲的乐趣，向下
再一次向下：我们
被自己的阴影所困扰
飞是一种欲望，也许是一次看见：
那蔚蓝，那虚无，在我们抬头之际
并没有什么痕迹留下——

龙

迅疾、朦胧，在我们说出的地方
它有秘密的通道，从那些语言，和那些图腾里
它模糊的姿态让人惊讶：它是特殊的
在我们的头脑中跑过

像风，像破碎的云，在我们滚滚的言辞之间
它是乌云，是暴君，是我们
被映照的内心：请为它的虚无画像
它就是虚无中被窥见了的——
称孤道寡，这放肆的火
它独步。万米高空，假如我凭窗
铁在天上飞：机械的舞蹈，这个时代的速度
在失重的年代里它加速了光阴
但我们依然被催促，被压缩成一种漫长
"龙"，一个词语的气息，一个虚假的影子
在我们的岁月中变得真实：它
在十二年中一次轮换，而它，被赋予了的
动物，在我们的身体里长大、咆哮
这神秘原来来源于我们——

树

那些枝桠和伸展，那些莫名的日子
我们说出而不能收回的言语
在冬季，它裸露的伤口，像枯萎的果实
进入花朵的幻觉，在它们
尚未被摘落之时，有一座大海
深藏于它们的眺望：而根在暗处，
看不见的地下，它们舒展着
那些鸟叫和浮云，只是悠然于身外
它竖立着，像一幅被打动了的画作
寥寥几笔，勾勒出我们
几乎被遮蔽了的视线：树，独立生长着
在这个季节之外，在我们走过的
或者被我们所放弃的路口
它挺立着，融入到风和雨之间
让我们说出风的形状。如果我们邂逅
那些风有它们的方向，但我们并不知道

只看到那鸟，伶仃于
一段小小的枯枝：它展翅飞去
树在这，守候那繁花的声音，它只是在这
像我们的日子，从未有特殊的时候。

以弗所

罗马不是一天建成的，但衰败
也许只是一天：在我的视野里
它成为那些柱子、那些石块、那些
被时间打败了的面容——

我们留住那些光阴所遗漏的
海风徐来，看到那些线条和细节
在我们跋涉的中途
它是一个词语，被大声地说出

残垣断壁，犹如另一种语言
在岁月的这一面
它是一种主题，奔向光阴的腐朽
而我在小心翼翼中被看到

那一个走向罗马的士兵，他选择了
哪一条路？罗马，如果每一条路都能走到
那通往我们内心的又是什么？
当时间收割，当荒芜成为一种风景

夜航飞机

一个黑夜，到另一个黑夜
在高空，它并不需要过渡，和我们的内心一样
广阔、坚强，但它颠簸着，在多数人的睡眠里

它平稳飞着，他们的梦更加波涛起伏
在云层和云层之间，在天与地之间
它飘飘，也许就是一沙鸥

而我假寐着
有着一万英尺的眩晕
我看不见前程，也早已忘记了来途

世界只是梦呓一场：落日壮观
而黎明同样绚烂，我们
只在它们之间寻找自己的平衡

那些流动着的，也许和
气流相似，遽然中的一刹那
犹如爱丽丝的漫游：远方已有精子一样的白

在空气中渐渐稀薄，而俯身的人
光阴不过是另一种流动——
被鼾声和呓语萦绕，白昼是另一场睡。

胡人诗歌(5首)

相对论

苹果可以使人进步
灯光发明了更多的眼睛
三十岁之后
我们停下来,仿佛被瞬间鞭策成人
我们有了厨房、皱纹
和一屋子的音乐
在陌生人群中,也能够侃侃而谈

我们可以使雨天变晴,粮食增产
我们吃下去,像外交部长一样聪明
有时候,我们会梦到去了另一个国家
那里牛羊遍地,自给自足
像 1840 年前的清王朝
我们要么带去大炮,要么俯首称臣

我们最终走上了山冈
那么多的树木
那么多的岩石
它们有宪法和公积金吗?

当我们八十岁,去看海

想说说我们的一生
却什么都说不出来了
只有大海依然浪花翻卷，向东流

2010.9.26

厨房之歌
——致妻子林霞

黄昏，一场雨过后
太阳像一枚橘子
发出经文的光
厨房被照耀着
如一场开国大典
水槽里，蔬菜们露出年轻的脸
你抚摸着它们，像个母亲
是的，你有着广阔的胸怀
爱素食，盼望动物们回归自然
来世做一个好人

黄昏，你的厨房明亮，丰满
但不适合弹琴，跳舞
有时候，你轻唱民谣，念《金刚经》
或扭腰锻炼身体
你有多欢喜，世界就有多美好
霞光中，一个退伍军人在窗外走过
他早已扔掉了枪支
将在三天后迎娶一名新娘

当抽油烟机停止转动
电视新闻里的战争也平息下来
独裁者将被抓获，送上审判台
"失去民心的政权必定会垮台，且是迅速的"
当我高谈阔论，你正在擦拭灶台

此刻，你更为关心的是
我的倔脾气，何时像空心菜一样变得细软

2011.8.26

我听到有人在唱歌

深夜里，一阵歌声
在小区里飘荡
它是失眠者的海鲜
而对于更多的人，也许是一把木梳

歌声若有似无，如风
在深夜里唱歌，需要风的力量
风最自由，想吹向哪里就吹向哪里
可以把沙子吹进你的眼里
也可以吹走你内心的不安

深夜里的歌声
如风在大海中
吹动帆
将你的船吹向一个小岛
那里有着五百年前的文明
他们用自酿的美酒招待你

深夜里的歌声
让你飞起来
停在遥远的地方
你很久没有去远方
甚至没有去登高看看

歌声无所不能
歌声如神音
在歌声中

走出来吧，或到阳台上
抬头看一看夜空
你很久没有仰望夜空了
如果你仰望
天堂像一片白色的海
                    2011.5.16

我想和另一个我谈谈

有时候，我想和另一个我谈谈
随便谈什么都可以
但必须心平气和
就像人们在谈论天气
愿望明天会更好
但雷雨并不停歇
我也许会谈及一场无名的争吵
谈及阳台上发育不良的植物
这些不过是一种前奏
我的内心一定有渴望被谈及的事

深夜里，我一个人在阳台上坐了很久
东想西想的
显然，还是缺乏交谈的气氛
吊机在彻夜施工，发出巨大的声响
就连仰望星空
看到的只是寥寥数颗

多少年了
我如同一只气球
假如能够像大鹏一样停在塔顶
我能接受一个祝福吗
在切菜的时候
我能感觉到维生素的心跳吗？

一棵枯树，里面有蚂蚁的巢穴
也有一个温暖的春天

我的身体越来越细小
一场雨过后，就感冒了
甚至濒临死亡
我有什么好得意的
还不如一块山里的石头
太阳越强烈，雨水越凶猛
它愈有力量、光芒

我开始尝试与自己交谈
但面对黯淡的天空
还是不知道谈什么
就这样坐了很久很久
渐渐地，渐渐地
远处的灯光柔和起来
像是彩霞满天，大地一片宁静

2010.7.11

风吹过

风翻卷起不远处的江水
风是智慧的
风使这个盛夏的清晨有了神的气息
我站在高楼的露台
从来没有如此安详过
像是回到了童年
在田野上奔跑
太阳拉长了我的小影子
在那片向阳的山坡
有斑鸠在林中鸣叫
我忘却了大人的叫唤

以为来到了神的居住之处

好久没有遇到这样舒服的风了
风吹过远处的灯塔
吹过高楼
吹过我的额头
我闭上眼
仿佛飞跃了起来
但并不坠向大地
我看见了那在高处的神
那里一片寂静,光芒涌动
我好久没有看到这样的光了

我睁开眼,风又呼呼地吹过来
世界如此干净,清晰
但风终将停下来
风停下来的时候
我看到一只白鸥
在江面低飞,徘徊
最后消失在浅浅的晨曦中

2010.8.14

湖北青蛙诗歌(7 首)

苏北四行一拍

[ ]

说话间到了苏北水乡。起先是油菜花,后来是小麦黄了
迅速老死的两个季节,刀子晃进来。
那么多白花花的河水四处流淌,它不是为你流的
也不为我而流。

[ ]

此地的农民也会说到施耐庵,总要写几个红杏出墙的婆姨
水面宽阔,郁闷的众兄弟们打将起来,落草为寇好不快活。
水乡泽国里编几个故事,故事里又杀几个可恨之人
举杯一饮,胸间就多了一块平地。

[ ]

据说这儿是昭阳将军封地。自板桥到一九九八洪波涌起
青蛙蹲守门楣之际,少了些许水墨意趣。
如果我是楚怀王,我会让我的妃子们歇息,不打让我松土的主意
独裁者都是诗人:风生水起,荻花飘荡,覆盖看风景的人民。

[ ]

红瓦寺的老和尚如此流氓,以至于天王老子不答应
一把火烧了大雄宝殿和他的净室。我辈小心翼翼,不牵别的姑嫂的手
不拉人家婆姨的衣,活在里巷缝隙。及至秋高气爽
即挥别进入天上大雁行列,别以为我是令人烦忧的燕雀。

[ ]

每日傍晚青蛙总是极力叫喊,有何怨屈?每个晨昏鸟儿们
总是热烈讨论,永恒不变,食宿问题。
东南亚国家农历五月落日何其庞大,你依然生活平淡
腰痛,失眠,忍受果腹之需与老婆对屈平的怨艾。

[ ]

摽有梅,其实七兮。此地亦有渐渐成熟的小个子桃李
从周庄到陈堡,都是生理。
天地炎热,不可站在街头久等,也不可磨破被单
空有微风吹过树枝的等候。

在乐清湾看白云

白云永远那么年轻,她从少年时代飘过来
她还像以往那样拥有迷幻性,变换着身姿。
及至细想,她甚至有几十万、亿年的历史
她,似无终老之时。
我已年届六十有四。白云不是床上铺的丝絮
我亦无法自我膨胀,在睡觉时烙百十个烙饼。
我亦无法说明个人修为,伸展黑而粗的长鞭
只抽打妖精与山鬼。山湾潮水有自己的进退。
白云从上空,与周围的群山带走了宝贝
我说的宝贝非白即黑,形同岁月和风雷。

我说白云，是往复不止的对话者
越坦荡越赤裸，私处越明白越没有阴影。
她告诉我白驹过隙，苍生以宽大为怀
我拥抱她，她即烟云即空虚而我不应有怨艾。
她大概也会变老，而且老无所依
她大概并无深情，凝神思之她淡然处之终无解矣。

心轻万事如鸿毛

年纪来了，排比也就来了。看荷花莲叶，拜访山庙方丈住持
喝水撒尿，又去博物馆参观瓶瓶罐罐，跟画中人握手
与父老谈上上辈的贤达，下辈的风流，又述及下下辈在宗祠的喧哗
余生也晚，写的字都不是自己的了，祖腹赤足，歌笑贬弹
都不是自己了。有小癖，可称雅士
有固痛，可归入别才。频频光顾的二三客人
皆引车卖浆之徒，常常在祖国的怀抱为温饱发愁
偶有知识分子拿来一双破皮靴，和我比划着要凭此度过漫长冬天
穷乡僻壤美如画啊，但呆不住了。富贵之乡也麻烦不断啊
脚步不由快了三分四分五分
过得不快活啊，床上床下都在打仗，技艺如同广告商的一把刷子
在神州大地乱写错别字，搞得我心神不宁啰
弄得我血脉贲张
画院是不做重复建设了，老师都在使枪弄棒，独辟蹊径
服装设计师何尝不是，圈点这里，又突破那儿
我的老头子也总是那么富于革命精神，在中国找不着的小村庄
紧跟国家形势，种了大豆又种高粱，养了乌龟
又养小虾
我画过几张草图放在抽屉里，父亲啊，哪天我可像财主一样
在家乡的湖泊边起几间房，一房推磨，一房拴驴，一房设琴，一房挂
　　云雨帐
一房结蜘蛛网
我热望挖口墨池，上来一条鲤鱼精，我热爱渺无人烟的乡野
或许遇得上狐妖，吸我精气

黄昏雨中抵达家乡

贴着低矮的麦地,暮鸟归林
河水向西
至穷处归入大江,大江向东,平日流淌无可诉说。
年届六十,看田畴上一望无际农作物无数次返青
归家的儿子,在暮色里
认得此处曾有二人合抱的皂角树,认得原先的紫苜蓿地三百两纹银。
跟随小舅罟鱼的洼地,现在栽种着油菜
那曾不可逾越的巨大沟壑,如今淤塞像长裤被剪成短裤
曾经追打红眼相拼的邻里,留下空空的屋台。
兄弟相见,伸出远握的双手:
你双鬓斑白,我双腮干瘪
而我们的双亲仍然健在,坐在灶间张罗饭菜。
走前走后,观看房前菜园屋后竹林
听雨声模糊,又渐次清晰:
寂静寂静,再无童年玩伴在黄昏时分,呼唤我的乳名。
躺在小时睡过的床上,父母坐床边
问起远方,和国家大事
好像我为国为民身负重伤,又好像我历尽磨难回到家乡。
雨声仿佛化开了一切郁结,活泼地在屋瓦上跳来跳去——
时光远逝,又重回来:一对贫穷的乡村夫妻,养育着一名四处跑动
天真烂漫的少年。

秋兴一首

把竹篾递过来递过去,父亲和我
扎着木槿篱笆。
木槿开着紫色花花,高过人头的,被齐齐剪去
放在篱笆中间,用竹竿竹篾死死扎紧。
菜园子里,种了萝卜也种了莴苣

长势还算可以。田椒还剩一点力气，开小白花
另有懒洋洋的茄苗，挂着牛卵似的茄子
深秋不懂爱情。
我和父亲，有一句没一句，说及棉梗
再隔几天就可以扯了。
又说及田里的甘蔗与苎麻，吃在嘴里穿在身上
都得流汗费劲。这个国家不知还搞不搞共产主义。
我们都蹲着，有时也站起……天高云淡
小风款款，仿佛没有我们一般。
仿佛只有母鸡顺风觅食，被秋风吹开屁股，一只家犬
好不容易在家门口遇上陌生人，开腔唱几声。
父亲和我，说及村子里三两个有名有姓的人
埋在地头里的二狗了他爹，做过上八路的。
三婶家的大凤，喝过墨水的人，伏天喝了杀虫脒药水
早先她扮过娘子军，与赤卫队。
辰光过得真快呀，转眼太阳西沉
水宝挑着一担红薯，水宝女人手挽提篮肩扛镬锄跟在后头
隔一小会儿，小凤骑自行车打着铃铛出现
叫一声孝哥哥，和时敏叔。是时天色暗下来，像一堆灰烬遮住了人间。

火　炮

直到此时建国时期的风浪才席卷而来，那女子已经经过无数岁月
我们已不可能原路返回褪衣在湖边盛大的桧树下，已经经过无数
　　岁月
银鱼泛着光芒好像要绝种一样，仿佛一个闷声和尚的下午
造就了木鱼持续不断响彻的庙宇，已经经过无数岁月
用以宣告内心的颠倒与持修，以及湖水是活的，太阳远离它
终把自己变成落日，已经经过无数岁月
落日中的帆船由胡子爹掌舵，送上岸来——那要生养的桂香
和精于房中术的假学道士，已经经过无数岁月
——与妇女们打交道越多越不可能是肃静的男人，已经经过无数岁月
他已经不是男人而是一堆分散的骨骼，已经经过无数岁月

冲天塔还在建设，月亮融化它的器官，江山摇荡它的根基，已经经
　　过无数岁月
他们都有副铁石的好心肠，消化着黄梅汤银珠弹销魂散，已经经过
　　无数岁月
夜壶里的曲调拉得长长的——已经经过无数岁月
清晨那东方的山脉还照样庸常地升起，那没有办法的事，已经经过
　　无数岁月
那令人亏心的粮食生长，已经经过无数岁月
阿三像鸟儿一样飞出去，不再落回到这世界的地面，湖水是活的
银鱼，青蛙，已经经过无数岁月

红蓼花
　　——和宝珠兄

眨眼间，大半辈子就过去
相聚与离别，已不像年轻时既有风中混乱之身
又有零落的泣痕。
大半辈子过去了的红蓼花，在纸上画来
总是由红到白。如秦观，如苏轼，如写诗的男人怅怅地
写下句子，感叹他的落魄与不可翻身的运命。
心中恼恨，兀自潦草起来，快马加鞭
到泄气时便泄倒在地。这世上的良人感到天旋地转便知晓
他身边正有无数的红蓼，犹如寂寥知道了寂寥。
抬眼望，北湖生蔓草，秋水脉脉斜阳好
似从此远离了男人与女人的战争。谁也不许问：哪年月的衷肠
终变成愁肠。你采摘了红蓼花来？
言不由衷的秋天，将落叶铺排在大地上
水边，总能见到红蓼的中国身影，她是姐姐，又是母亲
是治疗又是救赎，如同拐杖把虚无感强烈的身躯扶起。
大半辈子过去，只觉得生计阻挡了诗句
只觉得春瓶破裂，纸上画来终觉浅。只觉得，没有坚强的身体
也算好吧：那淡淡的雨露之喜悦。

冰儿诗歌（6首）

国庆快乐

十月，等待收割的玉米地显得有些干渴
我们慌乱地闯入更像是掠夺

放肆的风将人带往深处
何妨将自身玉米粒一样层层剥开
再缓缓收拢。这样的成熟之美
需要上好的粮仓来珍藏呵

当暮色抛出那颗最大的果核
落日在山那边制造的翻滚
与赤裸裸撒满一地的棒穗，谁比谁更隐忍？

涉足那些幽深的水域吧
要允许陌生的手指偶尔在皮肤上弹奏
允许豹子在水草上撒野
允许美被翻阅，被搅拌，被振荡，被流放
被分解成无数而无处容身
要允许闪电穿透最脆弱柔软的部位
迫世界在高处俯下的嘴唇面前
悄悄踮起脚尖

欢度国庆

三角梅，芒果树，凤凰木和紫荆
它们中间，定有我前世的亲人
风掀起元当湖的蓝色裙摆
夹竹桃的身躯光滑湿润
如一个内敛女人，将饱满肉身隐匿于芒刺中

但在这烈日高悬的秋日
有谁听见一条案板上秋刀鱼的喊叫
倾空大海，真能取走它的全部悲伤？
面对滚滚车流，人群，的士高尖叫
她报以沉默

几十年来，她习惯以词语的光芒照亮，用舌头触摸
用诗歌去平息身体里万亩惊涛
指示秋风，去治愈五内有疾之人

眼看屋顶的彩色气球已膨胀到极限
爆炸是迟早的事
而她在这举国欢庆之日独坐广场一隅
头顶落日如放大数万倍的悲伤之眼
仿佛告知，何谓万念俱灰，何谓如鲠在喉

何以养心

连日无雨而骨灰清凉
此心境正适合观赏凌晨露水
如何在阳光下寻找殉情对象
阳台往外，世事都被广场尖翘的屋檐切割
在狮林中寻找自己前世的人

如旋转于数不清的漩涡，兀自叹息
如果时光倒退十年，也要模仿儿童脚蹬溜冰鞋
撒手去爱
呵，没有悬念的生活不值一过哪
但此时——嘘
且看世界肉身如何被她从一个橘子鼓胀的瓣上剥离
大海同时溢出她的身体
你们说文字伤命，她偏以文字养心

与荷同居

荷搬来同住。压缩的帐篷
遮盖住露珠下蠢蠢欲动的阴谋
我无意对路人的惊叹作任何解释
"太美了，像是真的"
放心吧，亲们，在这个充斥表演的世界
我还像从前一样，为你们保留着干净的脸庞
朴素的灵魂
偶尔命令太阳拨开云层，驱逐昨夜体内残留的水分
指示荷叶上的露珠
声讨隔壁挖掘机内部的肮脏和残忍
对于那些不能忍受的生活，阳光会弄瞎它们
替我守住妊娠纹下的秘密

哀悼夜
　　——致那个谁

今夜血管和母亲河决战
你们都是这场战争的胜利者，被俘的是我
正抓紧一个绿色脊背，要掘出所有沉睡的闪电
来交换你们此刻巅峰上的快乐

好戏连台呀。且看我如何在云端上翻跟斗,在骨头的裂缝里造门
从血液里提炼出铁,掏空身体里的糖
携带一身的不堪、自闭症和毒来会你们
堕落吧。我有足量上火而浓烈的诗句,接住你们的沉沦

人世的太平间里,那些诗歌的尸首
你我各占一半
当死神这个失语者驮着五线谱回到光的原点
我放低姿势,率领体内所有的鞭炮,迎向你中指的自焚

不夜城之海

人到中年,也有把海水倾空的冲动
听里面波涛,如何抑制住翻滚
那些被隐瞒的
只能从海蚌微启的双唇上,得到证实
要允许偶尔将肉身活成一座火山
从大海身上找到喷薄的出口
要理解那些深处失控的浪潮
谁都有过被迫接受道德刑讯逼供的时刻
好在宽容的月光会收留所有浪尖上的惊险
手的叹息也会保持自己的节奏
原谅这个偶尔癫狂的世界吧
如果海水能调制出初恋的味道
那些眼泪纠缠中的对视和无言,无需他人分享
这人间一切安抚的力量来自两颗共鸣的胸腔
必须学会尊重这赴死前的宁静
学会精确调配酒精和血液的比例
去平息身体里被关禁闭的那个自己
被激活后的小小暴乱

北塔诗歌（1 首）

漩涡的中心是平静
——访美诗抄

歪唧唧海滩

走出棕榈叶的阴影
我就用赤条条的身体
在太平洋的蔚蓝色信笺上
写下
与大陆绝交书

更咸的海水使我变得更轻
托举着我，如同托举海鸥
翅膀里的风

跟石头一起融入黄昏
我也不会下沉
在黑暗降临之后
我想比别人游得更远些

但我不能

岛大了
岛上的人多了
就会减小与大陆的差异

难道我能让自己的脚
不回到鞋子？

深夜的草裙舞

我仅仅在啤酒里
熟睡了一杯的时间
就被波涛唤醒

你仿佛是波涛送来的礼物
在金发美女一个个走过之后
惊现在沙滩的怀抱
与我只隔着一道篱笆

今夜，你的裙裾是我的梦乡
而你手臂上的群星
撒满在我离乡的路上

整个太平洋
是一支给你伴奏的乐队
于我却是一位催眠大师
让我像酒，又回到酒杯

舞蹈一停
你就会消失
我还没看见你的眼睛
就只能走入你的脚印

在与波涛的争战中
我永远是失败的一方
因为有月亮为他撑腰
而我只有一杯淡啤酒
为自己壮胆

漩涡的中心是平静

多少超级风暴
在这里形成
如同战斗机群
从航母上起飞
长途奔袭
去吞噬沿海的岛屿和城市

多少漩涡
像一群打架的疯狗
任何船只都是骨头
被它们肆意抢夺

而在漩涡的中心
这太平洋的漩涡的中心
仿佛风暴都在安睡
夏威夷群岛像一个个婴儿
在孔雀花丛中静静绽放

大风口遇大风

大日本帝国皇家空军的猛虎
直扑鸭子般肥嫩的太平洋舰队
当他们掠过山口
连太阳都开始发抖
用乌云蒙住自己的脸
让老天去惩罚罪恶

我的阵脚如同头发
着实乱了一下

正当我沿着山路要往下走

一只母鸡张开翅膀
像打开两扇城门
让四只小鸡回到它的身子底下
然后，严实地关上

"亚利桑那号"挽歌

七十年了
还有燃油像鲜血
从她的伤口涓涓流出

整个珍珠港的海水
都无法给她消炎
只是不停地撒盐
今天，我也被晒成了一粒盐
被兴致勃勃地撒了上去

在这张贴满膏药的病床上
她已经躺了七十年
身边的密苏里舰
曾经是她的战友
现在是她的陪护
把无比荣耀的受降书
给她念了无数遍
但她从不曾自己支撑着坐起来
朝那边摆头望一眼

黎衡诗歌(2首)

凌波门

你们看,风在检阅我们
风在我们的身体里站立、赛跑
当我们一无所有
面对雾中无人的湖像面对
最初的命令
天空会和每一个孤独的人
单独嬉戏
你们看,我们说出的话成了
暮色降临的湖中路
一起走过这条路其实是让
路分别走过我们
水上的树是镜子
倒掉的路灯是下星期的雪
你们看,未来如同
湖对岸星星点点的车灯
向我们流动
向我们投掷血滴的倒影

圆环清晨
　　——纪念大姨

我二十四岁生日那天晚上
刚开始吃晚饭，天花板下降
电话传来，人影晃动，有人
知道是噩耗，有人宁可相信

是谎言，群山扬起黑夜的鞭子
凹陷的冬日，在汽车拐出
加油站后寂静无光，楼梯摆脱了
重力，山间公路是微弱的

动脉血管，被四个沉默的轮子推送
大姨躺在重症病房等我们，失去记忆
失去意识和说话的能力，合着双眼
最后的呼吸是最后的门槛上的火焰

我四岁时在她家院子里玩着轧井
没有一滴水，无聊的夏日掏空了
我孤儿的一天，妈妈在出差
四周的人说着不相干的话

哭声并不负责拯救，周围人的话
在我耳中打死结，花椒树秃了
隔壁的汽配厂空空荡荡
后来我和同学在那里偷过废铁

我们几个骑着自行车冲出
门卫老头的视线。像革命胜利一样
欢快地蹬，体育场边陡峭的大坡
需要白昼般的气力才能冲上去

下来则很危险，卖了钱之后

大姨在家等我吃晚饭，那时候
我已经十几岁了，姨夫会给我斟酒
二楼的脚步声鼓点似的混乱

表弟枢娃儿赖在楼道，要求用糖拌米饭
不是为了吃而是想让时间变甜
他们家雇的装潢工人也来到桌上
世界因这么多人一起吃饭，显得安全而知足

劳动，也随着吃饭得到肯定
吆喝声、笑声、骂声、碰碗的乒乓声
散伙时起身的风声和自行车链条声
时间又变得蛮横，清晨将在圆环上重复

我五岁或六岁，天还是鱼肚白
从睡梦的无底洞里被拉出来
惺忪地坐起身，像一头撞碎了
拂晓的脆玻璃。大姨来催我，要带

我和表姐蓉蓉出远门，我记事后第一次的
长途汽车。盘旋的山路让我晕车
我闭上眼，胃里还是有人在砌迷宫，上下
左右，在我走不出去时终于呕吐

山间的光变幻着，岩壁抵住车身
另一侧的悬崖是浓雾中的镜子，但无人敢照
我想司机是伟大的职业，道路太可怕
而他们总在改变方向。很多人一生

几乎都在一个地方生活，像外婆外公
和他们的街坊。年轻时除了逃难
他们不会出远门，老了后远方则让
他们恐惧，后来电视带来了异地的窗框

我到了陌生的城市,大姨和比我大三岁的
表姐在马路上拉着我,在公共汽车上
在集市小弯道和永无尽头的水泥河堤下
拉着我,旅馆的圆形蚊帐是嗡嗡响的飞船

我被吵醒了,可能是十岁,墙壁像囚室的台阶
从我的梦中伸出来,二舅让我再睡会儿
我知道出事了,所有人都走了,如同
被强力上紧发条,所有人都急匆匆走了

大姨躺在急救病房等我们,年轻的她
那天突然中风,几乎有生命危险
我来到医院。我开始数数。数字的绵羊
从空中走失,回来时越来越多

亲戚们围在病床前,俊俏的小枢娃儿
少不更事,在窗前跟阳光打拳
阳光的磨刀石在大姨惨白的额头上
找到了形状,不可见的

刻刀沙沙作响,使她一夜变老
变得疲惫。过去的大姨
在孩童时当红小兵,做红缨枪
写革命诗歌,到街上游行

九十年代辞职经商,酒量惊人
每年给我买两套新衣服,她的家
晾晒着我童年的三分之一
我在上下楼的十几间房子和周围的

七八条街巷中把自己弄丢
我在她家听到一些死亡的故事
我木讷,一觉醒来就忘了身体下的
床漂到了哪里,直到听见

幽默的姨夫在玩笑中和大姨争吵
我们在病床前。一个亲戚的自行车
在夜里丢了,于是第二天夜里
两个亲戚偷了医院里的另一辆

自行车作为对无名者的报复
大姨睡着了。我二十四岁这天晚上
她依然睡着,ICU病房不准进入
我没见到最后一面。她没有梦

她看到自己是米粒在天空的磨盘上
黑色升降机让行人都高大
行人在山脊上列队没有嘴没有眼睛
他们高喊他们看着"我"

大地是马蹄铁的弧形
耗尽了光折断了所有明亮的事物
"我"是减速的水滴穿过了磁场
山谷的风暴中重新一无所知

大姨醒了,在我十岁那年
忍受抽骨髓的剧痛,还要被
出院后人生的重复所折磨
后来她几乎半身残废但仍辛劳一生

泉子诗歌（12 首）

喜 悦

在一个梦里
我整个身体突然消散在空谷那寂静的绿色中
那一定不是肉体的碎屑，也不是物质被无数次等分之后那最最细
　微的残余
而是物质在无穷无尽的细小之中，必须被发明出的
无边无际的空无
而我在一个刹那之中，理解了那众口相传的
佛陀曾经用无言说出的喜悦

如 果

如果说人类所有的生存行为都可以归为善的模型
那么，我们就不能将蚊子对我们的侵扰，并从我们的身体中打捞出
　甘甜的蜜
指为一种恶意的行为
或者说，我们就没有理由讥讽一群苍蝇对一堆潮湿而新鲜的粪便
　的趋附与热爱

生命之壮美

对一个从来不曾思考过死亡的人
我不知道我能跟他说些什么
一个从来不曾获得过一双临终的眼睛的人
一个从来不曾发现隐藏在每一个瞬间之中的悬崖的人
他永远不能在晨光里的一棵小树、一茎衰草、一颗晶莹的露珠中见证
那生命的壮美与奇迹

承　诺

在一个初冬的夜晚
点点突然仰起她小小的脸蛋
"爸爸你要多运动,
要多吃水果"
我温暖并惊讶于这些早慧的语言
"爸爸,即使我长大了,即使我很大很大了
即使我和爷爷奶奶一样大了,你也不能死!"
是什么在这小小的身躯中盘旋
并促成一种如此决绝而不容商榷的语言
然后,我们一起拉钩
"拉钩、上吊、一百年不变
骗人就是老土的黑魔仙"
她一遍遍地向我描述
黑魔仙在垃圾桶中钻来钻去
从一个垃圾桶到另一个垃圾桶
那些悲惨、孤独、无助的生活
"它不会有任何的朋友,它那样的脏
它是那样的臭!"
她希望给我以足够的压力或者说是动力
以使我永远不要忘记我曾经作出的承诺

在深秋

在深秋,临湖的窗前
树叶不是一片一片地落着
而是一群一群,仿佛刚刚开闸的校园门口
鱼贯而出的孩子们
仿佛时间那些拥挤而枯黄的面孔
仿佛雨滴因凝固而获得轻盈
而得以在江南另一个季节中重现的悠远与绵密
如果不是在城市的街道
而是在一片密密丛林的深处
大地因枯黄的雪线而增添了一个猎人鞋帮的厚度
哦,它们终将融化在另一个季节,融化在它们曾经伫立的枝头
它们终将融化在这一棵树与另一棵树之间的
那蔓延开来的绿色中

为什么

自从点点在两岁多那年发明出"为什么"这个词语之后
我已记不清她曾多少次运用这个词语来发布属于她的问题
但我记得她在上幼儿园的第一个学期,一次次在深夜哭醒
并向我们发出的质问
"爸爸、妈妈,你们为什么要把我生下来,
我真的不想上幼儿园!"
记忆中这些艰难而烦乱的时辰
我们夹杂着爱抚与呵斥的,语无伦次的喃喃自语
一次次凸现着生命深处那共同的沮丧
我又能从这密密的钢筋水泥丛林中
一个在深夜依然亮着灯光的窗台之上
发明出怎样的答案
是一次尘世欢娱的残余?
是将从远古迢递而来的,此刻在我们身体中持续流淌的血流
引向时间另一侧的至深处的隐秘欲望吗?

还是仅仅是爱,那完全的爱
但并非全部的
并附赠这尘世如此坚固的虚无

这沉浸的一日

这沉浸的一日
这与世隔绝的一日
这与天地独往来的一日
这与万物相融,合而为一的一日

孤　绝

很荣幸,我能得到时代的飓风特殊的眷顾与怜悯
并得以在与世隔绝的幽暗中
见证一个喧嚣的时代那至深处的寂静
见证一个席卷并成功摧毁了整个星球的风暴之眼中
一颗种子滑落向枯黄的草地时的孤绝

乔布斯的离去

乔布斯的离去是比特朗斯特罗姆获得诺贝尔文学奖重大得多的事件
虽然它们在同一天,几乎同时触及我的眼睛
前者作为这个时代的一个先知般的人物
无论对他或毁或誉,从这一刻开始
世界已然不同
而后者不过是一顶新的桂冠最终落在了谁的头顶
那些以为诗人会欣喜若狂的人完成的一定是一种羞辱与冒犯
或许,一种淡淡的喜悦更加值得期待与尊重
并作为我们与诗人那依然无法得以克服的生命的局限性的见证

卡扎菲上校

即使一条狗的死依然是令人感伤与同情的
何况一代枭雄以这样的方式与我们作别
血正从他额角的弹孔中发明出一条暗红的道路
一条暗红的河流或是一棵凝结的树
这里有着令蚂蚁望而却步的奔腾
这里有着令苍蝇无法飞越的陡峭与崎岖
"别开枪,别……"
这里有来自一个死者的真实的回声吗
他最后的哀求是最新,但并非最后的羞辱
这里没有英雄,没有更高的高处
这里只有更血腥的死

凝 望

停泊在岸边的游轮割断了你与保叔塔之间相互间持久的凝望
保叔塔依然完整地矗立着吗？ 在油轮的另一侧
但这样的疑问并没有生成一种真正的忧虑
你的信心显然来自于那漫长的三十七年所凝固的人生经验
以及对那刚刚逝去的千年的想象
而记忆在多大程度作为一种想象的结果与呈现？
或许,终将有一天,人们会忘记这样一个砖石的堆砌之物
就像宝石山上千年之中那么多曾经生长与消失了的花、草与树木
当游轮在一群新的游客的驱赶下,重新驶入那乍起的雾霭的深处
你同样可以把雾霭比作一艘乳白色的游轮
而那所有来自时间的馈赠都同样在生成一种新的遮蔽
是的,没有水,没有山,没有山顶瘦尖的建筑
也没有那仿佛无尽的生生与灭灭
当雾霭渐渐消散,远处的山渐渐显现出一艘黛青色油轮的轮廓
那瘦尖的塔身仿佛是一根收拢起风帆的桅杆
而一次凝望真的能换得一次新的驱驰吗？你微笑,但不置一词

它真的会成为一种友谊的见证吗

它真的会成为一种友谊的见证吗
作为时间在烟尘中最为珍贵的残余
而不是生命中无法克服的私欲的
又一个隐秘出口
当个人的得失成为我们审视事物成败的一个被遮蔽的尺度时
那是一种真实的迷障多么狰狞地显现呀
那是一些多么美好的意愿在现实的悬崖之上的崩陷与坍塌
那是尘世必然的局限性通过我们各自的生命在说话
你说，你的屁股坐在哪？
你强烈的质疑使我意识到我并没有在你的一边
但我的骄傲在于我同样不在我的一边
甚至不在任何人与事的一边
任何单独的人与事都将是短暂的
而唯有诚信与真理作为万物得以持续的秘密
我愿意站在真理的一边，你信吗？
就像你所说的，我们将不会因一本书
甚至是任何的奇迹而得以挽留
而是各自的生命在时间长河中共同呈现了
一个微小而接近于无的刻度
是一群萤火虫用它们身体中的光相互照耀的
一个为微风所铭刻的夏夜

跨界
CROSSOVER

詩|建设 Poetry Construction

许江

　　著名油画家、美术理论家。1955 年出生于福州,1982 年毕业于中国美术学院油画系。现任中国美术家协会副主席、浙江省文联主席、浙江省美协主席、中国美术学院院长。

美院传统与诗

许江

走进新世纪已经十一个年头。当我们渐渐习惯于忆想往事之时,岁月变得黏稠。2008年仿佛一道分水岭,改革开放三十年,大学恢复秩序三十年,我们历经"文革"的困顿走进课堂也已经三十年。那以后,我们众多的思考都带上了某种过去时态,都与那种深深的眷恋缠结在一道。正是这种深厚的往事的纠缠与慨然,赋予我们某种渐渐习惯起来的思想方式。我们仿佛蓦然停止了成长,停止了敢作敢为向前的闯劲,而在道途上踌躇起来,思量何处是前方,斟酌着归途才是真正的方向。2008年后的日子变得难分彼此,它们搅在一起,仿佛一个漫长的黄昏,田园牧歌响起,白昼的一切俱成回忆。

文化大革命像一个楔子,敲入中国当代历史的躯体之上,我们——"文革"一代的青少年因此被改造了青春的生命。我们经历了被放纵的集体性叛逆和荒芜;我们青春的重生与民族社会的断层般的再生历史性地相咬合;我们承受了古今中外众多思想的交锋,并每一天都在传统与现代、表象与根源的泥淖中跋涉前行。正是这一代人,在亲历"文革"之后,又亲历了中国社会的三十年改革与变迁,价值观呈现了世所罕见的断裂与重建。在漫长的改革开放中,先是追赶全球的步幅和使命性的留洋潮,建立起现代化的实质上是西方化的视野,接着是解脱"现代"、"科学"、"进步"的紧箍咒,重塑本土性的关怀。正是这一代人，曾经在"文革"中经历阶级的划分，经历知识与知识分子的沦落和人性的迷失，这之后，仿佛一场解放，人性归位，每个人的身份又都经受了一次历史性的重塑。随着近年来对文化主体性的深刻反思和社会身份的渐趋主流化，一代人沐浴着漫长而渐进的主体化洗礼。正是这代人，在三十年间，不仅角色变换，代层更替，来去匆匆，而且在思想上，在太多的双重陷阱的间隙中讨生活，面对无可规避的时代大趋势，蔓生互为纠结的对照，表现出极为矛盾繁复的特征：一方面致力于打开民族主义的封闭性，反省和批判国人的无知、落后与虚妄，另一方面着意抵抗崇西媚洋的西方化价值指向，警觉强势文化的控制与压迫；一方面积极吸纳不同的问题话语，追逐国际化的理论时尚，不断地壮大开拓自己，另一方面提倡以大众语言取代奥难的贵族化语言，以民族本身的语言取代殖民倾向的外来语言，以自身的处境为立足点，从在地的土壤与母体来看待自身的文化生产。

《湛然自在——周俊炜艺术笔记》正是这一代人们三十年心灵历史的写照。艺术是一种托辞，是这一类心灵漫游者周行天下、载沉载浮的舟筏。周俊炜真心要述说的是不为时风所变，却受着时命驱使着的心灵独白。四十年，周俊炜从家园水乡的古桥旁出发，复又回归。他观看桥和桥上的变迁，阅尽人世万般景色，却又不动声色地记写下所见与所思。艺术正是这样的一座桥，他从桥上来去匆匆，又守望着桥的无尽变迁。桥总在变，所以，他不断地追问时代的艺术和艺术的精神；桥又总是桥，所以，他把这些追问集辑起来，跬积成了一个真实的自在的自己。

透过这些追问和写照，最让我感动的，是那里边深蕴着的身不由己的忧患和淡远的、本色的诗意。这是一种传统，一种由国立艺术院建院一代人身上就遗传下来的思与诗的传统。这种传统的本色是拒绝平庸。当生命总是处在庸常的位置的时候，如何拒绝平庸，这是生命的真正的忧患。难能可贵的是，周俊炜的忧患并没有像曾经的旧式文人那样，沉溺于个人的风雪吟叹，而是时刻思考着时代的大命题。心存大忧患，心系大担当，这恰是中国美术学院传统中的最深切的使命精神。由于种种原因，周俊炜也与我们中的大多数人一样，并没有远游，没有四海为家。因此，他也不可能像奈保尔、霍米·巴巴等那样，从远方来回望家园，架构第三类空间，谋划某种新的理论体系。周俊炜以现实的在地的精神，思量着古今中外的众多命题。外省小城，远离中心，遥望新潮的汹涌，俯听纷乱的鼓角之声，却依然手握批判的利器，保持独立思考的姿态。未必葆有雄踞之位，却坚持着理性的执守与担当，这又正是中国美院传统中可贵的思想精神。周俊炜毕竟是艺术家，他的使命与思想的精神，在这个时代，在这个庸常的时风面前，最易化为悲情。"大风卷水，林木为摧……壮士拂剑，浩然弥哀……"这富有担当的悲情，酿受着一种诗意，一种特立独行、察其所安的诗意。这还正是中国美院传统中的悠远的诗性精神。

当此《湛然自在——周俊炜艺术笔记》出版之际，我谨转录美院首任西画系主任、著名艺术教育家吴大羽先生的诗作《别情》。吴先生是美院历史上真正的诗人。他在人生困顿之时，置一己之私于度外，心向往着生命的渊深与远大。他的这首诗写于何时，现已无法考证，但他诗中所包含的悲情和深切的嘱咐，却让每个国美人感到无以抗拒的精神面授。而周俊炜完全具有足够的修为和深度，来接受这种伟大先贤的历史嘱托。

别　情

我以一日之长来到你们面前
敢贪着天功妄自居先
此来只为向大家输所敬诚
不许有一点错过落到你我中间

青青的苗芽初初绿满了前山
虞人身上才感到重重的负担
日子总会一天一天走向没力
精神可该把握得十分稳当

让我把心事交代给替手们
但愿珍重起各自的名分
假如你们发觉所业又终了
记着前程外面更有着前程

黄石

小说家，杭州壹联动机构总主持。

徒劳无益

黄石

如果文学与艺术在未来我们的社会生活中还能有一些有意义的作用，他们与现存的秩序关系必须再次考虑，重新定义。
——阿尔温·科尔男《文学的死亡》

对于这一切我们没有表示同意，也没有表示反对，我们没有进行任何讨论，我们只能顺从。
——尼尔·波茨曼《乐极生悲》

小说已并非我的生存之道，这样，你就可以像非政治家那样谈论政治。对于小说的绝望是基于对小说家种类的绝望，即基于对这个时代的绝望。

美国作家约翰·巴斯四十年前敏感地预示了"文学的枯竭"这个重要的趋向——仅仅出于对文学形式枯竭的忧虑——四十年后逐渐蜕变成文学种类枯竭的事实。关于虚构与真实，现实与超现实；关于手段与流派，风格与技艺；关于结构、意义与形式——来自以上种种的焦虑均不足构成当代文学死亡的理由。当代文学以及作家的残疾，来自文学品类自身的窒息，来自小说家对这个时代的无所适从，来自数以万计读者的趣味革命，来自这个时代传播媒介的质变。记住，文学的死亡与技巧无关，它是意识形态的坍塌。

21世纪以来，从整个西方文学至中国当代文学范围，无人可以匹配成为伟大小说家。如果说这个时代还生存着好作家这个物种，那他一定是上世纪残留的名誉骨灰。他们不属于这个世纪，只不过是20世纪文学观念的无力延续——至多止于他们个人的技艺突破。这包括本世纪以来所有的诺贝尔文学奖及其他重要文学奖的获奖者、包括近来刚刚蹿红的中青年作家，其文学观念无一例外停留在 20 世纪文学阴影的喘息里。

幸运的 20 世纪、慷慨的 20 世纪，从 19 世纪萌芽的人类新生产力的满汉全席中，让人类思想艺术饕餮了一百年（同时也埋育了 20 世纪末文学的必然沉寂）。20 世纪哲学与科学同仇敌忾，像一对同谋的情敌，催生了令人眩晕、眼花缭乱的当代文学艺术。20 世纪，这个自印刷术发明以来最辉煌，也是属于印刷术最后辉煌的世纪，在科学与人类意识形态发生逆转的历史温床上，得以成就了现代主义文学与艺术；在小说界，卡夫卡、詹姆斯·乔伊斯、普鲁斯特们幸运地成为了新世纪的典范，诗歌界则以埃兹拉·庞德、艾略特们为先导，在报纸、杂志、电影和电视成为主导媒质以前，曾经一度，20世纪的文学图谱精彩纷呈，万象更生。从超现实主义到海明威、福克纳，从贝克特、尤奈斯库到美国后现代主义文学，从法国新小说到拉美文学爆炸；在艺术界，自 19 世纪末印象主义取得胜利后，绘画、雕塑、建筑、电影、戏剧全面颠覆了人类视觉的美学准则。而在 20 世纪所有艺术运动喧哗的背后，根源是卡尔·马克思、尼采、弗洛伊德们对资本主义生产关系批判与人性潜意识理论为脊柱的幽灵。可以说，没有马克思以及法兰克福学派的众多追随者、没有弗洛伊德谱系、没有现象学、没有存在主义、没有结构主义与符号学等 20 世纪哲学思潮，就不可能会有绚丽斑斓的现代主义与后现代艺术，而比产生这些思想更为重要的深刻原因是生产力与生产关系的异化、技术与媒介的革命；就像 19 世纪末，仅仅是照相机的发明运用，就直接促使了绘画印象主义的产生。

20 世纪文学发展的轨迹同样一波三折，两次大战前，现代主义第一次从古典文学体系中突围诞生了属于自己的现代英雄乔伊斯们；其后海明威等少壮派们顺理成章地获得了 20 世纪的垂青；20 世纪文学的焦虑——约翰·巴斯式的枯竭论，即始于电子媒介为主导的六十年代。其时，电视文化、电影与流行文化、大众文化风起云涌——七十年代，1973 年，哈罗德·布鲁姆①，这位博学、守旧的耶鲁批评者，出版了《影响的焦虑》，反面隐含了文学创作上精英文化的枯竭焦虑。可以说，巴塞尔姆、约翰·巴斯、库特·冯尼格等后现代主义作家们是 20 世纪文学焦虑的突围者，也是大众文化的最初顺从者。这种焦虑仍然是布鲁姆式的，仅停留于精英文化、文学审美的传统领域内，是文学技巧的革新焦虑，却不是真正意义上文学本体枯竭的裂变。在本质意义上，20 世纪的文学与 19 世纪没有差异，他们同属于印刷术文明时期同一媒介的产物。只有在八十年代后，电子媒介以及互联网的革命，文学第一次与人类历史上印刷术时期的文学分道扬镳——印刷术发明以来文学真正的枯竭期（拉美文学恰恰由于其地理文明的封闭滞后，因此在六十年代后的群体爆炸让处于焦虑中的西方文学感受到了一种新希冀、似乎是文学英雄神话的回归，其实充其量是处于回光返照状态的时间落差形成的历史幻影）。同样是哈罗德·布鲁姆，他仍然在1994年经典文学的凋零中感慨，难以自拔；《西方正典》的出版则可以看成是布鲁姆对经典文学与作家们献上的一曲挽歌。"我们不再有大学，只有政治正确的庙堂。文学批评如今已经被文化批评所取代：这是一组由伪马克思主义、伪女性主义、以及各种法国与海德格尔式的时髦东西组成的奇观。"他说，如果他不是出生在1930年，而是1970年出生，哪怕有十二倍天赋也就绝不会选择文学批评家与大学教师，这位来自耶鲁的老先生感慨："诚实迫使我们承认，我们正在经历一个文字文化的显著衰退期，我觉得这种发展难以逆转，媒体大学的兴起，既是我们衰落的征候，也是我们进一步衰落的理由。"

为了进一步说明今天我们文学的枯竭现状，同样有必要简单比略20世纪中国文学与西方文学的时间落差。当西方在上世纪一次大战间酝酿了现代主义文学时，我们的文字文学则刚刚从文言文蜕变为白话文。胡适、鲁迅之流成为了新文化当然的社会旗手；当西方现代主义小说与艺术成为主流精英时，我们却仍在西方19世纪现实主义的小说中彷徨探索；在之后长达半个多世纪里，中国政治斗争取代了一切文化意识——当美国人六十年代为流行文化和电视文化泛滥而焦虑时，我们却在毛泽东发动的文化革命中遭遇了半个多世纪的文化饥渴；八十年代，中国的现代主义思想文化启蒙运动肇始（西方现代主义文化的一次团购），似乎滋养了一批属于中国现代主义的文化精英，其实是另一次没有历史土壤的、迟到的西方现代文化移植时代。九十年代后，中国的作家们开始在经济社会变异中举步维艰，开始感受到了西方六十年代作家们的困惑，电视、电影与流行文化给文学带来的困窘终于在中国大陆呈现，以靠电影电视走红的作家们层出不穷，精英文学衰退序幕在九十年代拉开，并以与西方同样衰败至今结局。

哈罗德·布鲁姆的感慨只是在上世纪九十年代互联网的摇篮期——文字文学的最后辉煌以《哈利·波特》与斯蒂芬·金的通俗小说胜利告终；又是十五年过去了，由于互联网的病毒式蔓延，东方与西方在文化意识形态上终于趋于同步，技术同步改造了东西方文化以及经济——东西方在全球范围又一次共同感受到了马克思主义的回响。可以说，我们以与西方巨大的时间落差开始了现代文学，终于以共同衰败与西方同步走到了一起——媒介改变了东西方的时间差异，所不同的是，时间激发了西方20世纪文学创作神经勃起,却造就了我们时代的文学早泄。

巨大的悲剧来自阅读死亡,读者死亡,但小说家还是活着,或者说,小说家误以为自己还活着,或者说,小说家他们不得不坚持不肯不活。

看看中国著名作家们的现状吧。他们的生存注定逃脱不了以下几种情形:靠版税、电影电视赚钱;靠微博传播积累影响,并误以为仍然是时代话语权的表达者;他们渴望上镜,充当各种电视秀的嘉宾、参加各种过期的自娱自乐研讨会,游弋在日薄西山的文学评奖活动与大众娱乐圈间,并渴望与西方汉学家与书商建立暧昧关系;他们也关心传播,由于绘画成为一种新的艺术资本,尝试转向绘画行当是绝处逢生的奇思妙想;他们已经处事老到,聪明地意识到现实社会的迫切性;要么他们已经淡定出世、摇身一变,俨然是国学传承大师;在网络新生代作家面前,他们仍然是正统文学前辈,同时内心抱怨着读者的背信弃义;他们唯独不关心他们的文学无论从文体、诉求、变异上已经于这个时代形同陌路,更别奢谈成为这个时代的表征与领袖。他们长期陶醉在、或者说只能陶醉在上世纪成名后没有勇气、没有前瞻、没有想象力的陈旧文学技巧与落后的意识形态里,沉溺在上世纪成名带来的脆弱果实里,并不敢承认他们的文学已经远远落后于这个时代。

现在,我们终于与全球站在同样困惑的起跑线上。现在,我们终于与西方一样无所适从了。

这种失落、无能、无所适从的文学时态在互联网诞生的二十年后成为东西方共同的特征。这种共振形成的核心原因确实是电子媒介的革命。这是人类历史上最为重要的几次革命之一。就像我们从古代口头文学(先秦—古希腊时代)转向文字书写(纸的发明)、从文字书写(汉唐明清—文艺复兴)转向出版(印刷术发明);20世纪后期,电视(娱乐业时代)以图像颠覆了口头表述,而今天网络(信息自由时代)则颠覆了书写、出版与娱乐方式。在一系列人类文明更迭的背后,由于媒介的革命,全球从来没有像今天一样在四分五裂的政治中趋向欲望一体化。中国文学与西方文学终于几乎站在同等无知的起跑线上。

马歇尔·麦克卢汉②有一句著名的警句:"媒介即信息";尼尔·波兹曼③则更进一步论断:"媒介即认识论。"实际上,媒介不仅改变了我们的思想体系,也改变了我们的价值观。哈罗德·英尼斯④认为,传播技术的变化无一例外产生了三种结果:它们改变了人的兴趣结构(人所考虑的事情)、符号的类型(人用以思考的工具),以及区域的本质(思想起源的地方)。今天,我们的现状是如此相近。东西方作家的集体偃旗息鼓来自想象力与虚构的溺亡。现实比文学虚构更具备想象力，也更令作家们措手不及。试想哪个作家可能虚构2001的美国9·11事件与2011的中国郭美美小姐此等离奇事实？伊拉克战争、利比亚战争——萨达姆与卡扎菲两位国家首脑兼小说家的死亡结局是否饶有趣味地隐喻了作家在政治现实中的闹剧？现实的逻辑是：不是卡扎菲创造了文学，而是卡扎菲死亡本身具备了文学性——现实创造了卡扎菲文学喜剧。这种虚构能力的丧失不仅在文学界、也波及了以好莱坞为代表的电影电视的黯淡前景。生活已经没有值得虚构的现实，因为受众需要更多非现实的现实。不是文学创造了现实，而是现实兼备了文学性。看来只有科幻片、惊悚片才能刺激一下现实的神经官能。面临着互联网光速度的信息现实，作家们要么对于信息社会目不暇接而无法思考，要么局限在经验中无法现实；相反，与此同时，东西方的商业经济社会却在信息中与技术沆瀣一气——21世纪最为庞大的国家不是美国、中国、俄罗斯或欧盟，他们是由技术媒介构建的网络共和国。在这个以光速传递信息的国家，人们无所不知，似乎没有秘密，没有国王，每天了解世界所有的事情，只是对于过去已经不再记忆。诚如切斯瓦夫·米沃什所言："我们这个时代的特征是拒绝记忆。"

借用一下尼尔·波兹曼类似的比喻：我们的固有的符号话语环境像一条河流，新媒介的污染开始在河里慢慢积累，然后突然达到有毒的临界点，大多数鱼就会死亡，游泳（经典文学）成为一种危险。但即使如此，河流虽然存在，看上去仍然正常，作家们似乎还可以认为划船度生。但是，河流的价值已经降低，功能也随之变化。现在，我们正面临着互联网毒药进入河流的临界点，并且以无法逆转的势态改变了河流的属性，经典文学的游泳姿势已经成为过去时。

因此，我们要探讨的不是写什么与怎么写，也并非寻求创造属于本世纪的经典文学途径，而是要在以互联网信息为媒介主流的认识论中寻求这个时代的价值裂缝。这似乎已经超出了文学的范畴。先秦哲学、汉赋、唐诗、宋词、元曲、明清小说，以各自迥异、不同凡响的语体价值代表了不同时代的文明价值。20世纪，中国文学以白话文语种主导成为文化第一特征，而文学本身在伟大经典时代的历史谱系里是一种退步。我相信，文学的无价值趋向将会在本世纪的快速混乱里进一步加剧，直至文明变异、秩序复原。

这个时代没有哲学家、也不可能有伟大作家。21世纪还有九十年时间的余地。或许这种无价值状态会延续几百年。人人忙于微博、忙于娱乐、忙于出镜率，忙于欲望、忙于货币战争与资源战争；这个时代的文化英雄是乔布斯种类；趋势无法逆转。1845年，马克思在《德意志意识形态》里疑问，如果有印刷机存在,是否还可能产生荷马史诗?

注:

① 哈罗德·布鲁姆:美国著名文学批评家、耶鲁文学教授。1930 年出生于纽约。代表著作有《影响的焦虑》、《西方正典》,被认为是"西方传统中最有禀赋、最有原则、最有煽动力的批评家"。

② 马歇尔·麦克卢汉(1911—1980):加拿大传播理论家。认为计算机、电视等传播手段对社会、艺术、科学、宗教产生强烈影响。著作有《人的延伸》、《媒介即信息》等。

③ 尼尔·波兹曼(1931—2003):纽约大学教授,著名媒体文化批评家,代表作《娱乐至死》、《童年的消失》影响巨大。

④ 哈罗德·英尼斯(1894—1952):加拿大著名经济史学家、传播文化学家。代表作《帝国与传播》、《传播的偏倚》、《变化中的时间概念》。

筆記
MINUTE

诗 | 建设 Poetry Construction

《四美溏》68X68cm 戴少龙 画

福音的诗学

李建春

此后，耶稣因知道一切事都完成了，为应验经上的话，遂说："我渴。"有一个盛满了醋的器皿放在那里，有人便将海绵浸满了醋，绑在长枪上，送到他的口边。耶稣一尝了那醋，便说："完成了。"（若 19:28—30）

他们就拿苦艾调和的酒给他喝；他只尝了尝，却不愿意喝。（玛 27:34）

主在十字架上。渴了。若我以圣洁的灵魂，以纯真的祈祷，或可满足他。就是浸润了圣神和真理的工作，以信赖和爱奉献给他。但是我有私念，我渴望迁就现代性的虚无。"有一个盛满了醋的器皿放在那里"，这正是我的精神现状。公共的。现成的。学术的。因罪和无爱而苦，因反讽、虚荣和私欲而酸的。畏惧世俗，不敢公然接近他，所认我将海绵绑在长枪上，远远地递给他。玛窦福音上说我拿苦艾调和的酒。我一定要在这酒，也就是我写的诗里，调和上我个人的欲情和偏见，仿佛若非如此，便没有风格。

我不敢完全信赖圣神和真理。想得救，又要体面。明智地与天主保持一段距离，或许世俗会接纳我。

"他只尝了尝，却不愿意喝。"

此后我又用长枪、这距离和罪刺进主的肋旁，"立时流出了血和水。"（玛 19:34）

耶稣又从提洛境内出来,经过漆冬,向着加里肋亚海,到了十城区中心地带。有人给他带来一个又聋又哑的人,求他给他覆手。耶稣便领他离开群众,来到一边,把手指放进他的耳朵里,并用唾沫,抹他的舌头,然后望天叹息,向他说:"厄法达!"就是说:"开了罢!"他的耳朵就立时开了,舌结也解了,说话也清楚了。(谷7:31—35)

"中心地带",我以为作为诗人该待的地方。好贴近时代,随波逐流。据说所谓的现代诗,就是关于现代性的诗。所谓的现代性,就是现代生活的虚无性。所以要先虚无起来,不然就土气了。

我很进步,以为抓住了必然性的脉搏。那又怎样呢?我又聋又哑。时代的声音到处都是。我以为该说出一点普遍性,但普遍性又从何说起。

主领我离开群众,来到一边。这是我得救的开始。离开时代,与主单独在一起。原来必然性和普遍性,都是流言造出的幻象。只有天主和我在一起。主把我领到一边,单单看着我。在他面前,我是特殊的。

主把手指放进我的耳朵里,指示我听他的创造。主用唾沫点我的舌头,为我解开了谎言的结。耳顺和口顺,都是从真理开始。

主说:"开了罢!"虚无的幻象消失。我能说出的有,是生命和此时此地的唯一。

耶稣又说:"凡从人里面出来的,那才使人污秽,因为从里面,从人心里出来的是些恶念、邪淫、盗窃、凶杀、奸淫、贪吝、毒辣、诡诈、放荡、嫉妒、毁谤、骄傲、愚妄:这一切恶事,都是从内里出来的,并且使人污秽。"(谷7:20—23)

写"人里面的东西"是现代主义的主张。达达,超现实主义,意识流。所谓自动写作带来的词语的穿透力是一种罪的震惊感。自白派诗人挖掘自我,却把死亡的种子翻出来。

抒发如果不含有赞美或忏悔会使人污秽。

所谓审美的慰藉,就是将问题挂起来,欣赏。"最好的"审美主义的规矩是:只准说,不准做。

主这么肯定地,把我们里面都藏有些什么——说了。关于自我,还什么好探索的?

他们来到贝特赛达,有人给耶稣送来一个瞎子,求他抚摸他。耶稣便拉着瞎子的手，领他到村外，在他的眼上吐了唾沫，然后又给他覆手，问他说："你看见什么没有？"他举目一望，说："我看见人，他们好像树木在行走。"然后，耶稣又按手在他的眼上，他定睛一看，就复了原，竟能清清楚楚看见一切。耶稣打发他回家去说："连这村庄你也不要进去。"（谷 8：22—26）

耶稣对他说："你愿意我给你做什么？"瞎子说："师傅！叫我看见！"耶稣对他说："去罢！你的信德救了你。"瞎子立刻看见了，就在路上跟着耶稣去了。（谷 10：51—52）

我这贫乏的人，既已失明于世界，内心无光，就待在黑暗中。我连求救都不会。但有人代我求了，耶稣便拉着我的手。

天主先赐我怀疑的精神，让我看见人，他们没有灵魂，"好像树木在行走。"

我渴求，却不知道渴求些什么，甚至不知道我已站在主面前。

耶稣又按手在我的眼上，我获准进入他的世界。不是象征的世界，不是可能的世界。我定睛一看，"就复了原，竟能清清楚楚看见一切。"

实在就是神秘。清晰、硬朗，与罪的爱好何干？"连这村庄你也不要进去。"

另一处说，因我有活泼的信心，主仿佛不知道还能给我什么。"师傅！叫我看见！"光从内照到外，我立刻看见了。

还在路上的人哪，你既看见了，就跟着耶稣去吧！

有人给耶稣领来一些小孩子，要他抚摸他们；门徒却斥责他们。耶稣见了，就生气，对他们说："让小孩子到我跟前来，不要阻止他们！因为天主的国正属于这样的人。我实在告诉你们：谁若不像小孩子一样接受天主的国，决不能进去。"（谷 10：13—15）

福音书至少颠覆了两种普遍观念：一、自有人类以来，一直在向往或尝试着的那个天国：巴贝尔塔，大同理想，各种进步的主义，斗争或和谐的说教。我以为还包括当前正盘踞在几乎每一位有识之士大脑中的、一种叫做"制度主义"的思想。

主的批判，比一切革命家的批判更锐利、更具颠覆性。因为主所批判的，不是所谓社会的现实，而是信仰或精神的现状。他直接面向每一个听见了他声音的人。

二、那么天国是纯粹的、绝对的精神吗？一种形而上学？阅尽世物、繁华落尽,无所住心、拈花一笑……一句话,天国是一种修养的高度?主的门徒虽然从未听说过内圣外王、境界说、否定之否定,却也认为天国是一件严肃的、成年人的事情。

对于这种害怕被打扰的、过于"精神"的态度,主生气了。天主的国是真实的,且眼下就是。因为圣言已成了肉身。在一个小孩子的接受面前,境界和形而上显得像是弯曲、重叠、模糊的幻影。

耶稣定睛看他,就喜爱他,对他说:"你还缺少一样:你去,变卖你所有的一切,施舍给穷人,你必有宝藏在天上,然后来,背着十字架,跟随我!"因了这话,那人就满面愁容,忧郁地走了,因为他有许多产业。(谷 10:21—22)

"天国又好像一个寻找完美珍珠的商人;他一找到一颗宝贵的珍珠,就去,卖掉他所有的一切,买了它。"(玛 13:45—46)

他就对他们说:"为此,凡成为天国门徒的经师,就好像一个家主,从他的宝库里,提出新的和旧的东西。"(玛 13:52—53)

是那盗贼先到我的头脑中,撒下了稗子。我惊异于我的进步与福音的新旧观,何其相似。但是细思之后,我品尝了新酒。主日日是、日日新。我已转眼过中年,竟不敢数算我的年岁。

在我的地窖里,新的和旧的东西,分不清。好像很多了。主定睛看我,就喜爱我。我积蓄了这么多财宝,为了爬到上面,在他的面前……坍塌。

"你还缺少一样。"主说。你去,变卖你所有的知识,换成属于穷人的语言,简单的语言,馒头的语言。像零钱一样,握在掌心的词。你的韵律将藏在天上。

这比骆驼穿过针眼还难。

我寻找完美的风格,天国就是。我用我所有的一切,买下心的纯净和润泽。

看,有人用床抬来一个患瘫痪症的人,设法把他抬进去,放在耶稣跟前;但因人众多,不得其门而入,遂上了房顶,从瓦中间,把他连那小床系到中间,正放在耶稣面前。耶稣一见他们的信心,就说:"人啊!你的罪赦了。"(路 5:18—20)

你们心里忖度什么呢?什么比较容易?是说:你的罪赦了,或是说:起来行走罢!但为叫你们知道人子在地上有权赦罪——便对瘫子说:我给你说:起来,拿起你的小床,回家去罢!(路 5:22—24)

我不得其门而入。多少年啊，卧在小床上，困于自爱和孤独。自渎。行动不便。四面都是时间的镜子，我的行动被反射折回了。

对于空间的研究使我恐怖。我知道有一个主，却不得门。我的欲望刺入透明的无限，真的，有时竟抵达了一点自己，黏滑如苦原。

我在强迫症的气泡里飘着，打滚；吸万物而吹大自己，好像万物犹不够建设一张小床？

世界不全是心……岩石一样可触，水一样深和柔，且有适宜的温暖……从无限到有限，真是痛快！我仿佛被绑架了，不由自主，真是痛快！

他们抬着我，要到主跟前。那么，主……也是有限、可触的么？我狂喜！

瓦顶掀开了，空间被无理地撕开了。这就是门。从洗者若翰的日子到如今，天国是以猛力夺取的。

人啊，你的罪赦了。主说。起来行走罢——起来，拿起你的小床，回家去罢！

那时，洗者若翰出现在犹太旷野宣讲，说："你们悔改罢！因为天国临近了。"（玛3:1—2）

他见到许多法利塞人和撒杜塞人来受他的洗，就对他们说："毒蛇的种类，谁指教你们逃避那即将来临的忿怒？那么，就结与悔改相称的果实罢！"（玛3:7—8）

悔改的意义，在于从种类到个体，从普遍性到特殊性。所谓"在罪的权势下"，指生命在自然性的奴役下无从逃脱的状态。罪的结局是死亡。"死"，被罪抓住、不能动弹了。引申地讲，设若你属于某普遍性下的一个例子，这个事实说明你尚在"死"中，没有苏醒。种族、时代、阶级、政体、身份、性别、主义……诸如此类的自然类属或人为的规定，都是一种可以叫人死的众声合唱。

"毒蛇的种类！谁指教你们逃避那即将来临的忿怒？"旷野的呼声叫人从"种类"的"毒"中逃出来，成为在天主面前忏悔的、负责任的个体。若翰所授的洗，实质上是一种"成人礼"。我们不妨从这个角度理解主所说的："因为我们应当这样，以完成全义。"基督只有在"成人"后，才"完成全义"，他天主子的位格同时启示出来，但一位彰显了，三位也就彰显了："耶稣受洗后，立时从水里上来，忽然天为他开了。他看见天主圣神有如鸽子降下，来到他上面，又有声音从天上说……"（玛3:15—17）

坚定地、且无从逃避地作为负责任的个体站在天主面前,是人格的开端(人格与位格是同一个词)。天主向人启示其位格性的结果,是以"位格"定义了"人格":"这是我的爱子,我所喜悦的。"圣子是圣父本体的真像,圣神的爱是完全的,且父子圣神同等。"独生子"意味着再无第二、是无限特殊的。特殊性是位格性的一重意义(更重要的意义是爱)。那么人在天主眼中也是特殊的。圣神赋给了每一个体不可替代、且从未重复的生命。因此生命实在于特殊性。是普遍性叫人死,特殊性叫人活。耶稣尽管无罪,却甘愿死在罪中、即人性的普遍规律下,但是天主的自由毕竟冲破了死的束缚。生命的自由并不在于对普遍性的认识——博学或修养的境界(如通常认为的),而在于其特殊性——在上主的满溢内我们享有的独特、充分的爱。

因着天主的位格性我们赋有人格性,因着天主的自由我们享受自由,因着天主的爱我们拥有生命的不可替代。

我向往和酝酿的福音诗学,是一种人格诗学、自由诗学和特殊性的诗学。

耶稣却弯下身去,用指头在地上画字。因为他们不断地追问,他便直起身来,向他们说:"你们中间谁没有罪,先向她投石罢!"他又弯下身去,在地上写字。他们一听这话,就从年老的开始到年幼的,一个一个地都溜走了,只留下耶稣一人和站在那里的妇人。耶稣遂直起身来向她说:"妇人!他们在哪里呢?没有人定你的罪吗?"她说:"主!没有人。"耶稣向她说:"我也不定你的罪;去罢!从今以后,不要再犯罪了!"(若8:6—11)

据说,提出问题是解决问题的一半,而描述处境是一种照亮。怎么,真实须以冷漠的不信才看得出?而问题,也只有根本就不抱希望的人才能提?难道批判不就是语言,为了得到一个文本吗,何必假批判之名?还不如欲望来得实在。

欲望也不实在,如果你没有爱。批判与享乐不分,问题出在哪里?你的写作没有基础,且不能再假装你不知道你没有基础。因此批判只是一种习惯,享乐也只是自欺欺人。

那旧的体系垮了,何不再建一个新的?也有人在建了,且如此审时度势:在那旧的前面画上一个负号,或者干脆、把所有压根儿就不信的形容词挂在自己身上!

耶稣弯下身去,用指头在地上写字。主还需要"写作"吗——天地万物都在?他写一种好像什么也没有写的写——他确实写了,写时间(我们可以学着他)——好让罪的感觉在空气中略停一会儿,以延出全部波长(不像问者自身那样短暂),缓缓地落在来得及瞥见自己的心灵上。

我来是为把火投在地上,我是多么切望它已经燃烧起来!我有一种应受的洗礼,我是如何焦急,直到它得以完成!你们以为我来是给地上送和平吗?不,我告诉你们:而是来送分裂。因为从今以后,一家五口的,将要分裂:三个反对两个,两个反对三个。他们将要分裂:父亲反对儿子,儿子反对父亲;母亲反对女儿,女儿反对母亲;婆母反对儿媳,儿媳反对婆母。(路12:49—53)

你们观察一下田间的百合花怎样生长:它们既不劳作,也不纺织;可是我告诉你们:连撒罗满在他极盛的荣华时代所披戴的,也不如这些花中的一朵。田地里的野草今天还在,明天就投在炉中,天主尚且这样装饰,信德薄弱的人哪,何况你们呢?所以,你们不要忧虑说:我们吃什么,喝什么,穿什么?因为这一切都是外邦人所寻求的;你们的天父原晓得你们需要这一切。你们先该寻求天主的国和它的义德,这一切自会加给你们。所以你们不要为明天忧虑,因为明天有明天的忧虑:一天的苦足够一天受的了。(玛6:28—34)

凡福音传到的地方,莫不引起激烈的争辩。从掌权者、饱学之士到微贱无知的人,哪怕一个垂死的乞丐,对十字架上的耶稣,都有自己的看法。我想不出还别有的话题或形象,能引起如此广泛、持久的反应和坚定的个人判断。的确,所有的人,都被信和不信分裂了。这是基督亲自送来的分裂。

得救者就是那被主的火把烧着、被十字架上的痛苦烧灼的人。与欢乐相比,痛苦更是一种在体性的经验。真正个人的、孤独无依的痛苦,能把整个存在有力地端起来,但是一旦端到上主面前了,痛苦也就变成欢乐了。

生命烧着了,语言也就烧着了。只有内在的、特殊的反应,才可以算是烧着了。在上主面前,我的人格是特殊的;在人世间,我的风格怎么可能不是特殊的?所谓特殊性,就是在主面前是,在主面前活着。

"这些花中的一朵",为什么比世间的尊荣更美?因为它美得自在,也就是说,在天主眼中。若我寻求天主自己先于世间的一切,就会生活在天主的善视中。上帝临汝,无贰尔心。基督竟抓住我,令我专注于今天的爱。这是风格,也是人格。

《有豹子的梦境》68X68cm 戴少龙 画

細讀
READ

詩|建设 Poetry Construction

《人体》 68X68cm 戴少龙 画

读托马斯·特朗斯特罗默诗歌笔记

胡燕青

一、在同一站楼停驻

一连好几天沉醉在托马斯·特朗斯特罗默的诗歌里。他可能是当今世上最伟大的诗人。读他的诗,我好像回到从未认知却又非常熟悉的境界,在那儿寻回遗失于童稚的珍贵东西。因着这种经验,多雨且霉菌满布的夏天忽然就变得爽净清凉了,渐渐从最内层开始渗出奇异的亮光。我好些日子没有这样用功读书了。

可是,我也很无奈,因为我不懂得看原文(瑞典文),几经辛苦才找到了一个英文译本(罗伯特·布莱的《半完成的天国——特朗斯特罗默最佳诗作》和两个中文译本(李笠的《特朗斯特罗默诗全集》和董继平的《特朗斯特罗默诗选》),以及北岛的一篇随笔《特朗斯特罗默:黑暗怎样焊住灵魂的银河》。北岛、李笠和董继平似乎都和特朗斯特罗默相当熟络,北岛更直称他为"托马斯"。罗伯特·布莱更不用说,他是特朗斯特罗默的好朋友(因此,他的英译大致可信)。他们能够不止一次亲睹这位诗人的风采,叫我羡慕不已。不过,我最希望细读的论文《托马斯·特朗斯特罗默诗歌里对信仰的确认》我尚未有机会看到。

北岛说他是翻译特朗斯特罗默的第一位中国人(《特朗斯特罗默:黑暗怎样焊住灵魂的银河》,见《时间的玫瑰》171 页,牛津,香港,2005)。我想这说法不完全对。1981 年,香港诗风社出版的《世界现代诗粹》中,就有胡国贤(羁魂)的中译本。那让我第一次接触到瑞典这一位出色的诗人。当时胡国贤翻的是"Track"(《轨道》)。这首诗的诗题,在董继平的译本里翻成《辙迹》,李笠则在《特朗斯特罗默诗全集》中译作《痕迹》。放在一起看,我比较喜欢《轨道》,因为它的"解说性"不那么强,保存了意象的联想空间,且最能够配合作品中的"火车"这个喻体:

Track

2A.M.:moonlight.The train has stopped
out in a field. Far—off sparks from a town,
flickering coldly on a horizon.

As when a man goes so deep into his dream,
He will never remember when he was there
When he returns again to his room.

Or when a person goes so deep into his sickness
That his days all become some flickering sparks, a swarm,
feeble and cold on the horizon.

The train is entirely motionless.
2 o'clock, strong moonlight, few stars.

——translated into English by Robert Bly

轨　道

清晨二时：月明。火车停在
郊外的田野。远处，小镇点点光芒
冷冷曳摇于地平线。

就像一个酣睡的人
将不复记忆曾处身之地
当他一旦醒来。

又像一个病重的人
日子就变成了一丛曳摇的光芒
微弱而冷冷的，于地平线。

火车全然不动。

二时：月极明，星稀

——胡国贤转译自罗伯特·布莱的英文译本

意象唯美而精确，是许多中外诗人的强项。然而特朗斯特罗默诗中意象的优势远超于此，它们承载的世界繁复但朴素，宽阔而幽深，大胆却敏细，能够把城市生活和大自然紧密联结在一起，想象领域辽阔却坚持与现实保持联系，带来无法比拟的阅读惊喜和深层感动。罗伯特·布莱在《半完成的天国——特朗斯特罗默最佳诗作》的序言里一语中的："我们之所以感触到他诗歌里阔大的空间，也许因为他每一首诗里的四、五个意象，都来自灵魂深处那些隔得远远的源头。他的诗是火车站，许多火车从极其遥远的地方到来，在同一站楼停驻。这一列的车盘下可能仍沾着俄国的雪，那一列的车厢里却载着地中海的鲜花，车顶上还有鲁尔工业区的煤烟。"诗人所展示的无匹流畅力和原创力，使我这个也尝试写诗的小格局大大地吃惊。看他怎样调动描述音乐的不同图式、场面和象征，就知道了：

我升起我的海登旗。信号是：
"我们不投降。却要自由。"

音乐是站在斜坡上的玻璃房
石头飞来、石头滚下。

石头滚动直冲越那房子
每一片玻璃却仍安然无恙

——《快板》（笔者转译自罗伯特·布莱的英译本）

什么叫做过目不忘？读过上面这个片段就知道了。特朗斯特罗默建筑在山坡上这个小小的玻璃房子，永不会从我们的记忆中消失。再看另一片段：

李斯特今夜弹琴，踩牢海的踏板让海洋绿色的力量
穿过地板腾升，渗透楼房的每一块石
美丽的深寻啊，晚上好！

满负的贡多拉乘载着生命，它简单而黑

——《哀伤贡多拉》（笔者转译自罗伯特·布莱的英译本）

罗伯特·布莱在序言中说，诗人善弹钢琴，1990 年中风之后，右手不灵了，瑞典众作曲家于是特地为他写了好些只用左手弹奏的钢琴曲谱，让他继续享受弹琴的乐趣。特朗斯特罗默在本国深受爱戴，于此可见一斑；他对音乐钟情，更非常明显。上引的这两个片段，令我想起二十出头就写出《李凭箜篌引》的李贺。对读者来说，两位诗人的厉害之处，同是可以直接从听觉的峰顶经验跃向视象和触感的山脊，从容不迫，毫不费力。

但是，诗人写作时的主观感受是否一样流畅自如、滔滔不绝，也就是俗语所说的得心应手？那倒未必。好诗不全是顺产的（虽然经常是），优秀作品有时得经过漫长的孕育期。特朗斯特罗默的诗里，曾提到这种饱满而未破、既济而未渡的精神状态。

二、真相不需要家具

特朗斯特罗默这样描述无法名状的信息和感情怎样在他的心底流动、酝酿、等待破土。北欧的四月，万物在生命的边缘准备跃动、腾升。但这过程是漫长的、磨人的、举棋不定的：

春天躺在那里，无人问津。
深紫色的水沟。
在我身边流动。
没有倒影。

唯一闪亮的
是黄色的小花。

像小提琴那样
我给装在自己影儿的
黑色盒子里，给人挽着。

我唯一要说的话

在一臂之遥外飞翔，
像家传银器，
留在当铺里一样。

——《四月与沉默》(笔者转译自罗伯特·布莱的英译本)

这首诗，固然可以简单理解为描述北欧春天的短歌，也可以是对缪斯未临将临那种状态的摹写。心灵的膨胀，言语的欲来，总在春泥的表层下蠢动，饱满却尚未溢出，真实却没有证据。最后二节，诗人用了两个奇警的比喻来刻画这种感觉：第一，它们"像小提琴"，有一天要奏出美丽的音乐，却仍被自己的影儿(提琴盒子)禁锢，忍耐着等待自由。第二，它们像"家传银器"极其珍贵，却典当了，尚未有能力赎回，欲言又止。作品发展到这里，忽然收结，意味深长。特朗斯特罗默轻巧而准确的文字，给人带来忽然被爱情击到的迷幻和感动。下面这首《过马路》，同样描述灵感的将临，同样使人神往：

街道沉厚的生命绕着我旋转；
全无记忆，也全无欲望。
远在车流底下，地土深处，
尚未诞生的森林仍得等待一千年。

我觉得这街看得见我。
它的眼力太差了，把太阳看成
漆黑太空里一团灰色的毛线。
但一瞬间我给点亮了。它看见了我。

——《过马路》(笔者转译自罗伯特·布莱的英译本)

李笠在《特朗斯特罗默诗全集》的序言中认为特朗斯特罗默的作品"始终在讲述这些隐秘的世界，它们在描述'权力'占领生活中墙之间的空隙时，表达了对这一状态的内心的感受，即，封闭的自由在缺少行动时，必须向内心、向具有色彩和童年的下意识寻求。……特朗斯特罗默的诗句使神秘突然降至，无形的变得有声有色，可触，可及。诗人仿佛在说：世界是密码，读它！破译它！"这段话颇能启发我。特朗斯特罗默的作品，确实经常探根于常人难以开启的、"具有色彩和童年的"潜意识，展示出他在音乐、美术、文学各方面的优美内质。天赋的特异才华命令想象之师向各种感官的边疆层层推进，最后越过它们，插上国旗、重定国界；最惊人的是他思想感情大军路过之处，一点蹄痕都没有，只有睡饱以后一觉醒来的轻松。没有读者会因为诗人用词艰涩被拒诸其作品的门外。"深入浅出"一语，用来形容特朗斯特罗默的作品，再合适不过。因此，"世界是密码，读它！破译它！"的信息对是对了，语气却似乎太沉重。特朗斯特罗默是轻灵的，他不一定要求读者第一时间找到最终的谜底，反倒盼望我们深入享受诗歌的"谜面"及其本身的美感。罗伯特•布莱《半完成的天国——特朗斯特罗默最佳诗作》的序言，就以《升入深寻》(Upward into the Depths，"寻"是深度单位)这个吊诡矜奇的短语为名。全无重量、自由自在却极有分量、极具深度，正是特朗斯特罗默诗作的优点。

当然，这不是说特朗斯特罗默的作品只具备特别强烈的感官和意韵，反之，他每一首诗都有话要说。"话"不尽指他对人生的觉悟哲思，却也不一定不是。诗人本身是心理学家，这个专业要求"从业员"有高度的理性和充分的直觉，特朗斯特罗默二者俱佳。正因如此，他能够把非常知性的学理化成图画和声音，精确无误地把人的心理状态表达出来。我特别喜欢这首《受压》，因为它几乎是每一个活在压力下的人的写照：

蓝天的强力引擎震耳欲聋。
我们活在万物颤抖的工地上
在那里大海深处会忽然打开。
贝壳和电话丝唑唑作响。

你若赶快侧望，美景依然。
田野饱满的谷粒汇成一道澄黄的河。
我脑海里不安的影子被吸引过去了。
好想爬进穗子里变成金。

夜来了。午夜我上床去。
小艇自大船出发。
海面上只剩下你一人。
社会黑沉沉的大船壳渐渐远离。

——《受压》(笔者转译自罗伯特·布莱的英译本)

诗人用了几个对比重塑压力的本质,读之不得不掩卷长叹。其自然意象与现实环境紧密呼应。霸气的噪音、震抖的工地、烦人的电话、吃人的黑暗世情,都是我们熟悉的压力来源和现象。脑海里不安的我向往着无法冀及的金稻田,流放自社会大船的孤独小舟漂泊夜海,诗人失眠了。我们都曾经受压力,但从压力中回过头来运笔抒怀,却未必有勇气重返那可怕的境况,为成就一首诗再度进入痛苦的记忆。特朗斯特罗默的善感和勇毅的程度,叫人羡慕,更使我这个也学着写诗的人几乎有点绝望了。他是那么丰富,那么义无反顾,为了诗,再沉痛的经历都可以从头咀嚼。他对美敏锐,因而得诗、得画、得音乐;对生活敏锐,因而得感触、得激情,也无可避免地得到许多使令人难受的情绪,压力是其一,哀伤是其二:

> 曾经有那么一回的震动
> 留下了长长的彗星尾巴,明明灭灭。
> 它把我们禁锢在里面。它让电视画面降雪了。
> 它凝固成电话在线冰冷的水点。
>
> 冬阳下你尚可慢慢滑行于雪地
> 穿过矮树林,上面悬着几片叶子。
> 像从旧电话簿撕下来的残章。
> 名字都给寒冷吞去。
>
> 听心在跳依旧是美丽的
> 但很多时影子看来比身体更真实。
> 在满布黑龙鳞片的盔甲旁边
> 武士显得微小。

——《某人死后》(笔者转译自罗伯特·布莱的英译本)

"留下了长长的彗星尾巴,明明灭灭。/ 它把我们禁锢在里面。"这两行写被囚的无奈,呈示哀伤难以摆脱这事实。"穿过矮树林,上面悬着几片叶子。/ 像从旧电话簿撕下来的残章。/ 名字都给寒冷吞去。"几行,以严寒写死亡的霸气和暴力。在孔武有力的悲哀里,"我"("身体""武士")萎缩了,伤感（"影子""盔甲"）却变得不合理的巨大。这些虚假的"现实"尽都是抑郁病人典型的错觉，心理学家严格的训练使诗人清晰知道自己的心情正处于低谷。于是沉重霸道的噩梦与微薄坚持的清醒携手成就了这个简单而动人的作品。特朗斯特罗默擅长通过崭新优美、出人意表的喻象来描述一般人时常经历的情绪，他的诗所引发的共鸣和美感是无法匹敌的。

　　特朗斯特罗默重视个人成长，追求表里一致。他相信人须要进入内心面对真实的自己。这却是很不容易的。许多人终其一生都不敢走上这段内省的路，没有胆量经历这种磨人的"揭示"。为了成为真正的诗人，特朗斯特罗默却多次主动进出潜意识的那诡异华美的境界。切身经历告诉他，寻找真我的每一步都极其痛苦，途上，人会被被猛力击打，这段路漫长、多阻而充满危险，然而，人到了寻获自己的那一刻，即可登上默观经验的顶峰，面见上帝。下面这首名为《序曲》（英文 preludes 是众数的）的诗所描述的，可能正是剥开"我"这个洋葱的几个主要步骤。作品的第一部分写人生必然遇上的冲击，暴风雪中，"要来的事"一片一片碎开、剥落，重重地打过来，我们的自然反应是逃避：

　　1
　　我逃躲暴风雪中那些打横击来的东西。
　　那些从要来的事剥落的碎片。
　　一面松脱欲倒的墙。无眼之物。坚硬的。
　　一张牙齿组成的脸！
　　孤立的墙。还是，一幢小屋，
　　虽然我看不见？
　　未来……空房子组成的大军
　　在纷飞大雪中摸索着前行。

　　——《序曲·第一部分》（笔者转译自罗伯特·布莱的英译本）

　　逃避是对付痛苦的一种策略，但那是必然失败的策略。人即使躲过客观苦难的冲击，却无法避开自己。作品的第二部分描述人面对自己时的巨大痛苦。但我们必须跨过这个关口，才能和自己相认：

　　2
　　两种真相走向对方。一种来自里面，另一种来自外头，它们相遇之处，我们有望对自己惊鸿一瞥。

看见将要发生的事，你大叫："停！
任何代价，只要不必认识我自己。"

一只小艇在那里想要靠岸——它就在这里试着
它要继续尝试千万次。

丛林暗处伸来一只长长的船钩
从敞开的窗子刺进来
戳入舞会客人之中，他们跳舞把身子跳暖

　　——《序曲·第二部分》（笔者转译自罗伯特·布莱的英译本）

　　"小艇"尝试泊岸，河岸却拒绝它。认识自己的努力，经常受到无由的拦阻，阻力来自恐惧，也来自灯火通明的假光明、伪温暖。但完整的人生仍建基于我们面对未来，面对自己，面对上帝的不辍尝试。这首诗的三部分正好刻画了这三段成长的阶梯，在诗人眼中，我们若想真正地活着，世上别无他法。最后，人更得面见那荣耀的大光：

3

　　我住了大半辈子的房子得清空了。它已变得空空的再没有什么。船锚放手了——虽然还载负着那沉重绵长的伤感，它仍是城里最轻盈的房子。真相不需要家具。我的生命刚走完了一个大圈，回到起点：一所给吹熄了的房子。我经历过的一切，此刻在墙上显现，如同埃及墓室内墙上的彩图和壁画。但这些图像渐渐模糊了。光线变得强烈。窗子扩大。空房子是个指向天空的望远镜。它沉默得像贵格会的崇拜。你只听得见后院里的鸽子，它们的低鸣。

　　——《序曲·第三部分》（笔者转译自罗伯特·布莱的英译本）

　　这段文字明显传达倒空内在、虚己纳光的信息。新约圣经记载基督口里八福中的第一福——"虚心的人有福了，因为天国是他们的。"（《马太福音》5章3节）正是这个意思。"虚心"原文的意思是"心灵贫穷的人"。把个人的杂物移走,把自己的小火吹熄,让私有的记忆模糊;腾出空间,张大窗子,平安和宁静才能真正降临。我觉得诗人对安静默观既有深刻的认识,也有充分的操练。在西方文化里,"光"自然是大能主宰上帝的象征;"鸽子"也一样,代表圣灵,其"低鸣"只有在极其宁静的时刻才听得见。贵格会的"崇拜",众所皆知,是一种无声的崇拜。这一部分,充分显示诗人已经"泊了岸",找到了"我"。而真我,就是那个能够清空爱欲、被真光照透了的我,因为"真相不需要家具"。从作品看,特朗斯特罗默敬虔而宽阔,他的信仰是有深度的。

三、上帝在沙上书写

《序曲·第三部分》描述的灵修默观境界,对不少基督徒来说都很熟悉。他在另一首诗《尾曲》中,也提到类似的经验:

> 我像一只锚在世界的底部拖行
> 钩住的我都不想要
> 疲惫的愤怒,灼热的屈从
> 刽子手收集石头,上帝在沙上书写
>
> 静寂的房间
> 月光下,家具急欲奔逃
> 我穿过空铠甲组成的森林
> 慢慢走进自己
>
> ——《尾曲》(笔者转译自 Samuel Charters 的英译本)

讨论这首诗信仰主题前,让我们先看看另一个中译本。李笠在《特朗斯特罗默诗全集》中的翻译如下:

> 我像一只锚在世界的底部拖滑
> 留住的都不是我所要的
> 疲惫的愤怒,灼热的退让
> 刽子手抓起石头,上帝在沙上书写

静寂的房间
月光下，家具站立欲飞
穿过一座没有装备的森林
我慢慢走入我自己

　　我颇为欣赏李笠的译笔，第一节尤其好。第二节末二行的译文（"穿过
一座没有装备的森林／我慢慢走入我自己"）我却是不大同意的。我认为董
继平在《特朗斯特罗默诗选》中的"我穿过一片空铠甲的森林／慢慢走进自
己"是更准确的翻译。为什么呢？因为要解读这个作品，须对新约圣经有相
当认识。在下面会详细说明。

　　"静寂的房间／月光下，家具急欲奔逃"遥遥呼应"真相不需要家
具……一所给吹熄了的房子……窗子扩大。空房子是个指向天空的望远镜"
《序曲·第三部分》，二诗并读，可以见出《尾曲》书写了另一次静祷的经验。
为什么我说是基督徒的"静祷"而非佛、道、新纪元运动的"安禅"、"打坐"
呢？因为诗人清楚记述在上帝面前自省吾身、清除苦毒，最后获得洁净和赦
免的整个过程，那位有位格的上帝，一直在场。诗中轻巧地演绎了新约圣经
很重要的一段经文。"刽子手收集石头，上帝在沙上书写"典出《约翰福音》：

　　8:1 于是各人都回家去了。耶稣却往橄榄山去。8:2 清早又回到殿里。众
百姓都到他那里去，他就坐下教训他们。8:3 文士和法利赛人，带着一个行
淫时被拿的妇人来，叫她站在当中。8:4 就对耶稣说："夫子，这妇人是正行
淫之时被拿的。8:5 摩西在律法上吩咐我们，把这样的妇人用石头打死。你
说该把他怎么样呢？"8:6 他们说这话，乃试探耶稣，要得着告她的把柄。耶
稣却弯着腰用指头在地上画字。8:7 他们还是不住地问他，耶稣就直起腰
来，对他们说，"你们中间谁是没有罪的，谁就可以先拿石头打她。"8:8 于是
又弯着腰用指头在地上画字。8:9 他们听见这话，就从老到少一个一个地都
出去了，只剩下耶稣一人，还有那妇人仍然站在当中。8:10 耶稣就直起腰
来，对她说："妇人，那些人在哪里呢？没有人定你的罪么？"8:11 她说："主
啊，没有。"耶稣说："我也不定你的罪。去罢，从此不要再犯罪了。"

　　凡熟读四福音书的基督徒，莫不知道这段历史。当时，犹太人带了一个
"淫妇"去见耶稣，要他表态。如果耶稣说，好，就按摩西律法拿石头掷死她
吧，犹太人就会指摘他滥用私刑（这样做触犯当时罗马法律），叫罗马兵把
他抓去坐牢候审；如果耶稣不同意用石头处决她，他们就会控告他违背祖

宗古训,骂他大逆不道——这本来就是个陷阱。不过,耶稣的回答反使他们无地自容,灰溜溜地离开了。最后,基督不定淫妇的罪,彰显了他赦罪的大恩。特朗斯特罗默这个作品首节的末句,表达出个人那种无可奈何的、无法处理的罪咎感("疲惫的愤怒,灼热的屈从"),说自己已然站在淫妇的候判位置上,正等待石头飞来("刽子手收集石头",准备行刑),听候基督裁决("上帝在沙上书写",尚未表态)。

这首诗须要细读,因为它非常精敏、准确简练地地表达了基督教的几个主要神学思想。第一,耶稣就是上帝。《约翰福音》说"耶稣却弯着腰用指头在地上画字",特朗斯特罗默将此句演绎为"上帝在沙上书写",清楚认定耶稣就是上帝,这是一切纯正基督教信仰的起始点。第二,孕育罪念等同犯罪。《马太福音》5:28记载了耶稣基督一句很有名的话:"我告诉你们,凡看见妇女就动淫念的,这人心里已经与她犯奸淫了。"这话揭示了罪的本质——未付诸于行动的不正确欲望已经是罪。十诫为何难守?对犹太人来说,前九诫都可以一生遵行,唯独第十诫"不可贪心"无法遵守。不掠取、不偷窃、不诈骗也许可以做得到,但人怎可能全无羡妒之心、贪财之念、求美名和取私利之欲望?因此,圣经也强调"众人都犯了罪"(《罗马书》5:12)"没有义人,连一个也没有"(《罗马书》3:10)。特朗斯特罗默对圣言认识之深,使人吃惊。举例说,"疲惫的愤怒,灼热的屈从"都不是世人眼中的罪行,但对诗人来说,却都是须要被赦免的,因此他说:"钩住的我都不想要"。借着《约翰福音》中耶稣赦免淫妇这段经文的亮光,我们就能够理解诗歌前后两节的轻重对比了。罪的负荷使他感到自己"像一只锚在世界的底部拖行","锚"的喻象,突出的是沉重的包袱。但经过了祷告,人安静下来("静寂的房间"),低头在沙上书写而不回答控诉者("刽子手")的上帝赦免了他,把他的重担赶走("家具急欲奔逃"),让他的心灵变得澄明空阔;最后,诗人终于能够面对自己、认出了独特的自己("慢慢走进自己")了。"家具"是特朗斯特罗默爱用的意象,代表了装饰、打扮、掩护。因此,他在末后二行说自己穿过"空铠甲组成的森林",不再受到外壳蛊惑,表象和心灵再度整合为真正的"我"。心理学家都非常强调"表里一致",因为只有这样,我们才是活着的,才有能力爱上帝、爱自己、爱人和作选择。

从上面这首诗我们知道特朗斯特罗默不但笃信基督,更是个经常自省、相当虔诚的信徒。同时,他诗艺高超,不但不会硬销信仰,更能将自己的信念变成世界一流的诗作;他笔下的图像是简单而鲜活的,没有人读不懂,却没有多少读者能够尽探他的深度。下面的这一首《两座城》,也只有八句,同样言简意赅,表达了海洋一样深博的神学思想:

那儿有一道河，两岸各有一座城
一座全然漆黑，住着敌人
另一座灯火通明
亮着的城催眠黑暗的城（"催眠"可理解为"使对方倾倒"。）

闪亮的黑水中
我恍恍惚惚地游往河心
忽闻一声稳重的圆号
那是朋友的声音："拿起你的坟墓，走"

——《两座城》（笔者转译自罗伯特·布莱的英译本）

　　这首短诗涉及的神学论著和经文也不少。首先是圣奥古斯丁(354-430)
的名著《上帝之城》。上帝的城（属天之城）指的是教会，这个国度本该是全
然圣洁的（"灯火通明"）。另一座城是地上的城，它代表了堕落和罪（"全然
漆黑，住着敌人"）。基督徒同时是这两座城的公民（这就是贯穿新约圣经的
"既济却未然"[already but not yet]概念）。此诗设景于人类的这种处境：
人具神性，有圣城的血统，因为"神说：'我们要照着我们的形象，按着我们
的样式造人'"（《创世记》1:16），但人却在黑城出生、成长，而且"都犯了罪"
（《罗马书》5:12）。因此，人很迷惘（"恍恍惚惚"），浮沉于两座城中间的河
上，若非上帝主动救拔，我们的结局就只有沉沦。
　　第二节的最后二行，也跟几段经文关系密切，那是基督徒都很熟悉的。
第一段来自《约翰福音》15章耶稣基督的话："15:13 人为朋友舍命，人的爱
心没有比这个大的。15:14 你们若遵行我所吩咐的，就是我的朋友了。15:
15 以后我不再称你们为仆人，因仆人不知道主人所作的事。我乃称你们为
朋友，因我从我父所听见的，已经都告诉你们了。"从这段经文看，诗中的
"朋友"指的是上帝。我这样说未免武断，因为"朋友"一词太常用了，我们怎
么知道它说的不是别人呢？请看我的论据。除了第一段圣奥古斯丁的"双城
概念"之外，还有另外一段经文可以佐证。那就是《马可福音》2章里记述的
一件事。话说耶稣在一个平房里讲道，很多人来寻求他的医治，一个瘫子因
行动不便，挤不进去，他的几个朋友就把屋顶拆掉，从上面连人带褥子把他
吊着放到耶稣基督那儿去。耶稣见他们虔诚，就对瘫子说："你的罪赦
了。"

当时在场的文士（他们不信耶稣是上帝，是来监视他的）一听，就很不高兴，认为基督那样说话是亵渎，因为只有上帝可以赦免人的罪。耶稣于是问他们："或对瘫子说：你的罪赦了，或说：起来，拿你的褥子行走。那一样容易呢？"此处的"起来，拿你的褥子行走"在英文钦定译本是"take up thy bed, and walk"。特朗斯特罗默诗句"拿起你的坟墓，走"英文是"take up your grave and walk"，后者是依据前者改写而成的。和"褥子"一样，"坟墓"象征了"疾病"、"有罪"、"不自由"和"死亡"，躺在坟墓里的人，比躺在褥子上的更需要赦免和救赎。一个"朋友"能够以上帝的口气说话，而上帝又明明说过他看我们为"朋友"，这人无疑就是上帝自己了。

特朗斯特罗默的诗可解而耐读，意象轻灵却内涵丰富，自成一套没有宗教气味的信仰美学。阅读的时候，无论从视点、布景、声音、细节、品味、精练程度各方面去欣赏，都能获得巨大的满足，无法不为其优美、从容和深刻感到深深吸引。我简直给他的诗"催眠"了。

特朗斯特罗默不是多产作家，但其中以信仰或信仰的实践（例如祷告、聚会）为主题的作品却远远不止一首两首。下面这首只有五行的短诗《从1966 融雪季开始》(From the Thaw of 1966)，是我最爱的作品之一：

咆吼着的盲动的大水，古老的催眠术
河潮浸上了废车场，在面具背后
闪闪生光
我紧紧握着桥栏
桥：驶越死亡的大铁鸟

——《从 1966 融雪季开始》（笔者转译自罗伯特·布莱的英译本）

我把这首诗看做书写个人认信基督的标志，不无危险，一定有人认为我过分"读尽了诗里去"(reading INTO the poem)，但读诗人的全集，我坚持己见（真固执呢）。李笠和董继平两位译者都忽略了诗题中的"从"(from)字，以为作品单单是写融雪情景的。但我无法不按照"从"字的意思理解作品。如果把诗题直译为《从 1966 融雪季开始》，我们不免要问：那一年的融雪季，为何对诗人特别重要？

冰雪消融的意象，不难意会，比喻硬的东西软化了，此处指心灵的投降、臣服。我个人相信诗人就在那一年春季委身认信天地的主宰，成为基督徒；不信的人，用圣经的言语说，是"心肠刚硬"。另一方面，融雪现象所带来的洪水，也可指上帝追究罪衍的烈怒，与圣经《创世记》记载的洪水历史遥相呼应。这无法抵挡的义怒，我们都须要承担，罪责人人有份。上文说过了，我们"都犯了罪"。但是，他放过了我们。大洪水上的桥是钢铁所造的，狭窄（信徒要走的路是"窄路"（《民数记》22：24），但牢固。它像鸟一样张开双翼，"驶越死亡"。什么东西形状像大鸟展翅、且可以驶越死亡？我看见的是基督的十字架。洪水带来的毁灭与铁桥架起的救恩，审判的苛猛与十字架的温柔，对比强烈，但意义深远，不容易三言两语讲得清楚，特朗斯特罗默不但做到了，他更能够在非常有限的概念空间里（此诗只有五行）"如鹰展翅上腾"（《以赛亚书》40：31），来回翱翔、举重若轻地成就了最丰富的诗句。

《黑色明信片》是特朗斯特罗默诗集里最易懂的作品之一。不过，要完全明白他对死亡的感觉，最好也先读读新约圣经里的数段经文。首先是《马太福音》24：38："当洪水以前的日子，人照常吃喝嫁娶，直到挪亚进方舟的那日"，然后是《帖撒罗尼迦前书》5：2："主的日子来到，好像夜间的贼一样"，最后是《彼得后书》3：10："主的日子要像贼来到一样"。上帝的审判会忽然出现，死亡同样会忽然到来，不必预先通告——诗人描述的正是后者。1990年，特朗斯特罗默因为血压太高兼过分疲累中风。这首诗写在此事之前，不幸言中，使人伤感。

> 工作历排得满满的，前景不明
> 电缆哼着一支民歌，这歌却不属
> 任何国族。雪落在铅样死寂的海上。阴影在渡头上搏斗
>
> 生命的半途上，死亡来访
> 量度你的尺寸。访问
> 给忘记了。生活如常。但冥冥中有人正缝制你的寿衣
>
> ——《黑色明信片》（笔者转译自 Joanna Bankier 之英译本）

此诗的题旨明显不过，我想讨论的，是作者思考方式的奇警之处。"电缆哼着一支民歌，这歌却不属／任何国族。"正是一例。理论上，"民歌"几乎是来自民族血液的歌，生为民族的一员就懂得唱，但此民歌虽然拥有这种潜在的熟悉感，却不属于任何国族。我觉得如果将这两行诗理解为"这民歌找不到源头"（董继平译作"无家可归"，李笠译作"没有祖国"），就较难欣赏这个厉害的吊诡了。"不属于任何国族"的意思，正好和它的字面意义相反，

指的是"它属于所有人／所有民族"——没有人可以避免死亡。另一例子，是"生命的半途上，死亡来访／量度你的尺寸。"二行。第一次读，我领悟到诗人的表层意思：死亡为我们缝制的寿衣是"度身订造"的（这也是颇为惊眼的讲法），再读一次，我的理解丰富起来了，"量度你的尺寸"颇有论功过、施审判的意味，我"Aha"一声，点点头，以为自己已经完全得其真粹。岂料读到第三次，倒又有了一点返璞归真的倾向，将这两行理解为一次身体检查（验血之类）的过程了。这种迂回曲折的阅读经验也真有趣。说句老话，这诗的层次多，只读几次肯定读不完。

　　诗人对自己身体的变化都很敏感。本港诗人陈德锦在一次不适之后，写了一组诗《死亡的低语》，那是我喜欢的作品。我猜特朗斯特罗默写《黑色明信片》的时候，也许已经过一次或多次不适。人一旦走到中年，这种经验就不会少，几乎人人都有过，特朗斯特罗默更写得特别简洁、精到，使人过目不忘。

　　人死了，会到哪儿去呢？怎样才可以在死后"重生"？这是关乎所有人的大问题，圣经《约翰福音》早就处理过了（一会儿就会说到），特朗斯特罗默的作品《零散的会众》也重提此事，他认为到教会聚会的人，许多没听明白耶稣基督的话。让我们先来细读这个作品：

　　　我们准备好了就展示自己的家
　　　来访的人想：环境不错嘛
　　　贫民窟肯定藏在你们体内

　　　教堂里，拱门和柱子
　　　白得像石膏，裹在
　　　信仰的断臂上

　　　教会里有一个讨饭的盘子
　　　从地上慢慢地提起
　　　眼珠一排排的长椅浮游

　　　可是教堂的鸣钟都落入地下了
　　　悬挂在污水管道里
　　　我们每走一步，它们就响

梦游者尼哥德慕向那个地址

进发了。谁有那个地址？

不知道。但那正是我们要去的地方

——《零散的会众》(笔者转译自罗伯特·布莱的英译本)

这首诗的题目 Scattered Congregation，大多译作《解散的集会》，我选择译作《零散的会众》。可能因为两位译者对于基督教的文化认识不深。在这样的语境里，Congregation 一般译作"会众"，指的是教会里进行礼拜的信徒群体。"解散"一语没有贬义，"零散"的负面色彩则相当浓烈。"解散"一般直说人群聚会完毕分散开来的情景，但诗人在此描述的不是这种情况，而是教会缺乏向心力、离散破落、一盘散沙的可悲现象。

作品的第一节，以"我们"和"家"来代表教会应然的本质。可是，这个家只有的表面的风光，连外人都看得出教会正在打肿自己的脸皮、努力扮作富裕的胖子。名义上的基督徒内里的贫乏，让诗人感到不安。第二节进一步把教堂里的拱门和柱子这些古雅建筑艺术形容为断臂上的石膏，意象精纯到点，一针见血地指出教会外强中干的惨况。第三节"讨饭的盘子"说的是信徒聚会时候收取捐献金的布袋或盘子，它们又叫做"奉献袋"或"奉献盘"。诗人指出会众不愿委身，连捐献也慢吞吞，老大不情愿，没有一点动力，好像丰富的上帝要我们来施舍一样。这三节清晰生动地刻画了当代欧洲教会的凋零和无知。

第四节说"教堂的鸣钟都落入地下了"。"教堂的鸣钟"原应是教会警世导航的标志，如今"落入地下"，不再高举于天地之间，当然也不能够发人深省了。教会的声音躲藏起来。只有在信徒真正践行信仰的情况下，它们才会继续鸣响："我们每走一步，它们就响"。但欧洲基督徒已经很少能够承认和践行自己的信仰了，特朗斯特罗默对此不无观察。

在最后一节里，特朗斯特罗默再度引用圣经。这段经文同样来自《约翰福音》：

3:1 有一个法利赛人，名叫尼哥德慕，是犹太人的官。3:2 这人夜里来见耶稣，说，拉比，我们知道你是由神那里来做师傅的。因为你所行的神迹，若没有神同在，无人能行。3:3 耶稣回答说，我实实在在地告诉你，人若不重生，就不能见神的国。3:4 尼哥德慕说，人已经老了，如何能重生呢？岂能再进母腹生出来么？3:5 耶稣说，我实实在在地告诉你，人若不是从水和圣灵生的，就不能进神的国。3:6 从肉身生的，就是肉身；从灵生的，就是灵。3:7 我说，你们必须重生，你不要以为希奇。3:8 风随着意思吹，你听见风的响声，却不晓得从哪里来，往哪里去。凡从圣灵生的。也是如此。3:9 尼哥德慕问他说，怎能有这事呢？3:10 耶稣回答说，你是以色列人的先生，还不明白这事么？3:11 我实实在在地告诉你，我们所说的，是我们知道的，我们所见证的，是我们见过的，你们却不领受我们的见证。

　　读懂了这一段经文，特朗斯特罗默这个作品就不难破译了。第五节说尼哥德慕（旧译尼哥底母）是"梦游者"，因为他不敢在白天公开找耶稣（"夜里来见耶稣"）。他肯定耶稣就是基督，也明知自己可以在耶稣那儿寻求到永生的方法，但他只敢在暗里承认他是上帝。英译本诗中的"地址"（Address）的 A 用大楷写成，表示特朗斯特罗默以之代表神圣的处所，然而，"谁有那个地址？／不知道。但那正是我们要去的地方"，会众似乎只知道一直往前走，要走到哪儿却不大清楚。诗人为今日教会的缺乏方向深感痛心。

　　我自己也是基督徒，也看得见他笔下的现象，但没有能力把这一切写成诗；我平时也读圣经，但从来未能从圣经读出这许多美丽的图像和感情，何况用三言两语就将之消化、重述、艺术化呢？很多诗人的能力都叫我钦佩，特朗斯特罗默的深度与才华，却叫我的灵魂震动。在我眼中，他是当今世上最伟大的诗人。

【附记】

　　特此感谢王伟明，我的好朋友，三十多年前介绍我读特朗斯特罗默的诗。此外，本文 2006 年曾于香港诗刊《诗网络》分三期刊登，当时伟明正是《诗网络》的总编辑。诗人得奖后，几次再度发表，伟明同意了，感谢。

　　注：本来，这篇笔记里的译诗都是我依照罗伯特·布莱（Robert Bly）的英译本转译的，因为我买不到罗伯特·赫斯（Robert Hass）编辑的 Tomas Transtromer: Selected Poems 1954-1986（《特朗斯特罗默：诗选 1954-1986》），原因是网上书店刚好没这本书的存货。未几，网上书店即又电邮来说书找到了。我写这第二部分的时候，书寄到了。因此，翻译特朗斯特罗默的诗作时，我有机会参考不同译者（例如梅·史文舜[May Swenson]，罗宾·富尔顿[Robin Folton]等）的英译。

建设
CONSTRUCT

詩 | Poetry Construction
建设

有关当代诗歌的抵抗立场
和诗人公共知识分子化的要求

【编者按】

北岛在 2011 年 7 月 20 日亮相香港会展中心,为香港书展举办的文化活动"名作家讲座系列"作了一个题为"古老的敌意"的讲座,以援引里尔克的诗句开始,探讨了作家和诗人需要对时代、母语和自己保持一种紧张关系,并对当代的大陆文学境况提出了批评,认为文学在金钱和权力的诱惑下丧失了批判能力。这一言论也引发了大陆诗人的激烈论争,我们现刊发两篇具有代表性的争鸣文章,为大家在这些基本问题上有更清晰、深入的认识提供参考。

无论作家生活在任何时代,无论生活在民主社会或独裁制度,他都应该远离文化主流,对所有权力及其话语持批判立场。在今天,作家不仅是写作的手艺人,同时又应该是一个广义上的公共知识分子,这种双重身份的认同也是写作的动力之一。换句话来说,如果没有这种社会性的"古老的敌意",几乎不可能写出好作品,有的作家声称,他只对自己的文字负责,这是空话、废话。在金钱与权力共谋的全球化的今天,你必须作出选择,在这个复杂的社会里,你必须持有复杂的立场和视角,并在写作中作出某种回应。

——摘自北岛"古老的敌意"讲座

诗歌政治的风车:或曰"古老的敌意"①

——论当代诗歌的抵抗诗学和文学知识分子化

臧棣

　　北岛在今年香港书展中作了一个讲座,题为"古老的敌意"。我的诗歌的一位忠实读者、同时也是北岛迷,听了半天似懂非懂,非要我帮他解释一番为什么会存在着针对诗歌和诗人的"古老的敌意"?这和我主张的诗关乎"神秘的友谊"有什么区别?他困惑的要点是,当代诗歌的性质和"古老的敌意"究竟是一种什么关系?他的问题提得也很尖锐:臧棣,你在你的写作中体会到"古老的敌意"吗?我的回答也很干脆:当然,体会过。但是那是极其次要的东西。我们从事诗歌写作,难道就是为了体会"古老的敌意",甚至仅仅是以"古老的敌意"反抗"古老的敌意"吗?我觉得,从文学知识的角度讲,没必要将这种"古老的敌意"普遍化。更没有必要把它编织进当代文学的抵抗的谱系。从认知的角度讲,将"古老的敌意"用于解释当代写作的基本状况,终归浮浅了一点(注意,不是肤浅)。而将它用于解释或揭示当代诗人的写作抱负,就更显得隔阂了。难道说,当代诗歌写作已深陷于"古老的敌意"织就的无所不在的神网中?难道说,我们的当代诗歌的主要目的就是要应对这所谓的"古老的敌意"?我承认,我确实难以领略这样的简约的

注①:本文有删节,全文请参阅《中国诗歌评论》复刊号。

概括。

　　在讲座中，北岛引述了里尔克在其名诗《安魂曲》写到的句子："生活与伟大的作品之间，总存在着某种古老的敌意。"作为一个引证，确实很有吸引力。但究竟是里尔克写得漂亮呢，还是北岛引得漂亮呢？这确乎是一个问题。北岛的意图，正如一位中国记者概括的："好作家应对自己所处的时代、自己的母语以及自己本身保持一种古老的敌意"。这里，对里尔克的误读已经出现。但这种误读还说得过去，甚至还发挥得有点意思。我们先回到里尔克的诗句看看究竟是怎么回事。在里尔克那里，"古老的敌意"描述的是一种客观的人类现象，它指的是生活和伟大的作品之间的难以协调。这种难以协调，可以理解为一个内在的冲突，也可以理解成一种深刻的矛盾。"敌意"一词含有很深的基督教意味。"敌意"根源于魔鬼对美好事物的破坏性的无法根除的性嫉妒。北岛没读出来，这有情可原。从随后展开的讲座的内容看，北岛对里尔克的误读及其误读的发挥主要表现在两个地方：第一，以为里尔克意在贬低"生活"，"生活"是"伟大的作品"的对立面。"生活"对"伟大的作品"的出产构成了敌意很深的干扰和妨害。比如，北岛在后面讲到，人们很难想象里尔克有私人的房产，或是个大地产商什么的。北岛对里尔克的贫穷存在着一种奇特的东方式的理解。其实，他本该知道里尔克虽然谈不上富有，但并不贫穷；里尔克可以在由侯爵夫人提供的安静的城堡里从事安心的写作。他并未颠沛流离（他辗转于欧洲的大城小镇，或许只是作为一个诗人喜欢旅行生活对写作的激发）。里尔克倾心于创造伟大的作品，但他对生活也并不傻。如果说梵高是"渴望生活"，如果说王尔德是"我不想谋生而只想生活着"，那么，里尔克对生活的渴求则更甚。很难想象里尔克会说，成为一个优秀的诗人的必要条件，就是对生活（或环境或时代）保持"古老的敌意"。这里，我们已涉及到第二个误解。即北岛将"古老的敌意"从一种客观的描述，用于一种主观的反应。优秀的诗人和作家需要对时代、环境、物质、生存状态保持一种"古老的敌意"。里尔克表达的是对写作在人类命运中的一种深沉的观感，但北岛却将这种观感简化，弄成了一种批判性的文学态度。某种程度上，这种文学态度也是一种文学意识形态：即从立场上，针对时代采取"古老的敌意"，让它彰显出一种批判性的标记。　总之，就是要不停地跟周围的一切"较劲"。

这确实是"较劲"，但身为作家和诗人，假如他们的职业状态和历史姿态，就是无时无刻不停地跟所处的时代或母语或自我"较劲"，那么这"较劲"又何尝不是一种"拧巴"呢。而且很难说这里面没有偏执狂的色彩。回过头去再看里尔克的态度。里尔克的伟大就在于他谈到了"古老的敌意"，但绝不会针对这一"古老的敌意"采取"古老的敌意"。里尔克不会将生活或时代视为一种敌意的化身，需要他处处保持警惕。

北岛算不上是一个善于举例的讲演者。再好的例子，到了他手里，都会显得有点笨拙。比如，在他的讲座里，北岛匪夷所思地让我们想象假如里尔克有几处房产，他还会写出伟大的诗歌吗？我不知道里尔克本人会怎么想，但我知道，假如里尔克有几处房产，他仍能写出伟大的诗歌。假如这个假设可以存在的话，那么，答案必定如此。因为在世界文学史上，有好几处房产，而又写出了伟大的作品的人太多了（比如，托尔斯泰就是在他的伯爵庄园里写他的伟大的作品的）。为什么单单里尔克要成为例外呢！忽悠里尔克有没有房产，难道可以帮我们如此理性地认识到伟大的作品是如何出笼的吗？那么对不起。这个可笑的假设不成立。又比如，北岛让我们想象假如卡夫卡没有和他父亲的紧张关系，他能写出那些伟大的小说吗？我的回答依然是，卡夫卡能。第一，因为他是卡夫卡。卡夫卡不是北岛。他注定能写出那些伟大的小说。第二，伟大的小说并不是因为和父亲（或者和别的什么事体）关系紧张而就无法写出的。按北岛的逻辑，富有的生活难道会是写作的原罪？或者，假如一个诗人或作家碰巧有几处房产的话，那么这些房子就成了他的写作的原罪？我真的很难想象长期以来被视为当代中国诗歌的代表性人物的北岛会使用如此令人吃惊的逻辑和视角。

某种意义上，我并不吃惊其中蕴含着腻腻歪歪的机械的反映论。因为前些年，针对 1990 年代的当代诗歌发难时，林贤治也曾用过类似的逻辑。显然，在北岛和林贤治的言论背后存在着某种文学观念的强大奥援。抵抗诗学必须掺入痛苦诗学，才能拔高其道德和美学的制高点。或者说，在北岛林贤治看来，作家的贫穷和寡欲是写作的痛苦的必要保障。看起来，从林贤治到北岛，有一种标榜知识分子身份的文学意识形态，确实对作家的贫困有着奇特而古怪的偏执的想象。令我真正吃惊的是，痛苦诗学的流传和影响竟然如此深远。在西方的语境里，痛苦诗学也有一席之地。但不会像在我们的语境中这样，被赋予了一种奇怪而浓烈的道德色彩，还被如此频繁地用作一种批评尺度。按林贤治的说法就是，诗写不痛苦，诗就没有价值。诗人不痛苦，甚至是不道德的。因为没有对生活的痛苦作出痛苦的反应，这还能叫诗或文学吗？北岛的关于诗歌写作的痛苦的机械论没这么赤裸裸，在道德的诘难上也稍稍隐蔽一点，但它在当代诗歌的文化场域里制造的气氛和味道是一样的。其实，在诗歌中，痛苦不痛苦，并不是先验的，也不是必然的。对诗歌写作而言，诗歌的本质一定和最深的生命的愉悦联系在一起的。也就是说，诗歌写作在本质上必然体现为一种强烈的快乐，语言上的快感，心智上的欢乐，想象力上的愉悦。这不是说，诗人没有痛苦，或是对人生的苦楚缺乏敏感；而是说，只要进入到写作中，进入到文学的世界，痛苦基本上都会转化为一种创造力的快乐。哪怕这种创造的快乐最终会被用于处理悲剧的主题。

必须看到，北岛还有林贤治，对当代诗歌和痛苦的关系的想象及概括，并不仅仅代表着他们个人的文学趣味，而是代表着一种陈腐却又异常有势力的文学观念。这是一种对当代诗歌造成过深度伤害却又从未得到过彻底清算的文学观念。否则，以林贤治的诗歌趣味和北岛的诗歌趣味而论，他们就好比风马牛不相及，怎么会在痛苦诗学上如此惊人地达成一种默契呢。在他们的言述路径里，写作的痛苦，被阐释成一种历史观念，一种文学的政治正确。然后，再借助标榜文学的知识分子身份，或似是而非的"愤怒的学术"，在当代的文学语境里制造出一种独断论的道德气氛。

从文学形象学的角度说，这种观念把诗歌的书写活动想象得太阴郁，也太机械。为什么写诗就一定和痛苦有关？莎士比亚的写作在何种程度上体现着痛苦和贫穷？诗歌的书写恐怕涉及的是一种人类创造力的自我激发，一种丰富的激情状态。为什么非要将其简约为痛苦呢？关于写作的痛苦，北岛使用的另一个措辞是"紧张"。北岛敦促我们大胆地想象里尔克在没有私人房产的情况下的写作——那真的是一种为生活的贫困和紧张所困扰的写作吗？为了解释没有例外，北岛在他的讲座中又举出美国诗人史蒂文斯的例子。按北岛的解释，史蒂文斯虽然很富有，衣食无忧，但生前一直默默无闻，与美国主流的诗歌圈关系紧张，似乎一直处于一种敌意状态。在北岛眼里，史蒂文斯可作为与时代和环境保持紧张关系的典范。但是很抱歉，史蒂文斯生前还真的不是"默默无闻"。他和他同时代的一些优秀诗人和艺术家有密切而广泛的交往。史蒂文斯曾跟海明威喝过酒。北岛也许没怎么看过史蒂文斯的传记，所以轻率地想象了此人生前的"默默无闻"。史蒂文斯与浪漫主义的关联，从文学史的角度说，正如哈罗德·布鲁姆所确认的那样，是诗歌史中一种典型的主流现象。史蒂文斯对帕斯卡的引述，对爱默生的阐发，对惠特曼的崇高的传承，都表明他从未与西方文学的主要的思想流脉绝缘过。无论从哪个方面来衡量，史蒂文斯都算不上是一位与时代刻意保持紧张的诗人。美国的诗歌圈也没有在他生前敌意过他，相反，史蒂文斯一直在奥登和玛瑞安摩尔发过作品的刊物上发表着诗歌。而当史蒂文斯在四十多岁出版了第一本诗集之后，美国诗歌界对他的承认还称得上是反应迅速。大批评家埃德蒙·威尔逊给史蒂文斯的第一本诗集写了敏锐的评论，声称即使读不懂具体的诗的意思，也知道那些意思是用美妙的方式说出来的。美国的大诗人哈特·克兰读过史蒂文斯的诗后，深受震撼，对史蒂文斯的高超的诗艺极为钦佩。在其晚年，倡导欢乐诗学的史蒂文斯已被确认为美国的主要诗人。史蒂文斯也从不敌视物质和时代乃至现实世界，他最著名的诗句之一，就是对敌意时代和现实的那股思想的轻蔑：

> ……最大的贫困
> 就是不能生活在现实世界中

与此相关的另一个问题是，史蒂文斯可以作为孤独的写作者的例子吗？史蒂文斯与他同时代的大诗人威廉·卡洛斯·威廉斯经常相互切磋诗艺，两位诗人的友谊甚至到了史蒂文斯允许卡洛斯修改其作品的程度。此外，史蒂文斯也跟玛丽安·摩尔保持了多年的互相敬慕的诗歌关系，并互相撰写评论。奥登虽然不认同史蒂文斯的诗学，但也密切注意史蒂文斯的写作。奥登晚期有不少作品就是以史蒂文斯作为内在的辩论对象。换句话说，史蒂文斯根本就不孤独。也许是出于对诗人的苦行僧形象的意淫，北岛似乎想将史蒂文斯描绘为一个离群索居的孤独的诗人；并拼命想透过史蒂文斯的例子，在中文语境里虚构起诗歌的写作和文学自闭症的可笑的关联,真可谓是用心叵测。

　　从文学知识上讲,写作是孤独的吗?北岛在讲座中宣称:写作是孤独的。并企图将史蒂文斯作为这种观念的一个旁证。谈诗歌写作的孤独,目的是为了将诗歌写作上纲上线地引向一种带着光环的痛苦诗学。而痛苦诗学,作为文学意识形态的一个实践分支,似乎特别喜欢声称"写作是孤独的"。这其实是对写作或文学的一个带有典型的知识分子色彩的理解,而且特别流行于我们的文学语境。写作的孤独究竟指的是什么呢?北岛语焉不详。可能是因为他觉得这个问题太不证自明了。如果是指具体的作家在生活中的个人的写作状态,那么,对不起,这和文学没什么关系。一个作家,从事写作,是他热爱文学。具体的写作中的孤独不孤独,是他在个人生活中要负担或克服的私事;这和写作的性质,和文学的品质没什么关系。大可不必因为在写作中遇到点私人的烦恼,就要求文学本身给予某种道义上的施舍。如果是指作家个人的文学抱负与他的时代的文学时尚的隔阂,那就更不须言必称孤独了。你的文学追求和文学抱负高于时代,这是多么罕见的文学的幸福。相比之下,流行的文学时尚已平庸低级。仅仅是作为一番比较,你已幸福不已。实在没必要扯上"写作的孤独"。从文学理论上讲,写作的孤独,也实在算不上是文学自我意识的一个对象。很多号称孤独的问题,其实都是作家个人的私事。从文学知识学的角度讲,哪怕是谈写作的秘密或文学的秘密也要比谈写作的孤独或文学的孤独好。此外,写作是孤独的——这依然带有文学机械论的色彩。言下之意,好像每个作家必须有意识地选择孤独。孤独的状态,像贫穷的状态一样,甚至更像是伟大的作品得以产生的必要条件。说严重一点,这是对孤独的道德化的想象,也多少有点病态。如果非要谈写作的孤独,那么就一定要谈写作的不孤独这一面。但我猜想,北岛缺乏这方面的素养。所以,只好把写作的孤独和伟大的作品的出产草草挂钩了事。但是,和文学有关的孤独的问题,还真的不能简约到这种地步。

　　那么,史蒂文斯在传记层面显示出的"写作的孤独",究竟是一种什么性质的孤独呢?它和文学的关联又是怎样的?史蒂文斯的写作,其实只是看起来"孤独"。在很大程度上,作为一种个人的写作生态,这与其说是史蒂文斯对诗歌的本质的一种认知性的选择,不如说是由他的职业身份偶然造成的。换句话说,他的职业身份让他忙于工作，很少能抽出太多的时间用于文学交往（史蒂文斯早年在纽约当记者，结交过大批诗人艺术家；任职康州的一家保险公司后，在繁忙的工作之余，和很多诗人保持着密切的交往）。他并非有意选择写作的孤僻。而从诗歌观念上说，史蒂文斯可以说和"孤独"大唱反调。他倡导的是"语言的欢乐"，将"语言的欢乐"用生命的想象性提升和解放。所以，从写作精神上来说，他的写作和痛苦诗学没什么关系。而且很可能，史蒂文斯的诗歌写作还是对痛苦诗学的一种根本的颠覆。史蒂文斯的孤独，用哈罗德·布鲁姆的话说，就是充分使用孤独以便在写作中施展"语言的欢乐"。诗歌写作的目的是追寻生命的更高级的部分。抱歉，那和痛苦没有太大的关系。史蒂文斯的诗歌哲学可以直接上溯到西方传统中的卢克莱修，他的诗歌写作也一直将头颅深埋在西方传统中的快乐诗学的源流中。与之相比，北岛对诗歌写作的苦行主义生硬地放置在抵抗物质主义的背景中的行为，更像是一种对诗歌写作中的崇高的愉悦性的怨恨。

关于"古老的敌意"，北岛的讲座从内容上看，还算是有布局，但意图却有点语焉不详。北岛所谈的"古老的敌意"涉及以下三种关系。一、作家必须与时代保持或处于一种紧张的关系。必须跟世界过不去。二、作家必须和母语保持紧张关系。必须跟母语过不去。三、作家必须和自己处于紧张关系。必须跟自己过不去。这些乍听起来，都很有趣，很动听。但作为一个讲座，北岛还是应该表明，他所谈的这三种关系的主旨是什么？想说明什么或者想揭示什么问题。北岛的讲座缺少一个意图。不过，还好这不妨碍我们从他的讲座看出一些涉及当代中国文学的根本问题。需要提醒的是，如果说北岛的言述只代表他个人对他自己的诗歌写作的说明，那完全没有问题。但如果是联系到他在讲座和其他场合中反复针对中国当代文学的现状和性质所进行的批评：比如生活在大陆的作家基本上已被金钱击垮，被权力腐化，丧失了抵抗能力，那么，它们就涉及到了对中国当代文学的整体性质的诊断或论断。其实，判断一下，即便没说到节骨眼上，也没什么大不了。但如果其中使用的文学观念和评价尺度本身就有严重的问题，那就值得争论一番了。

前面已讲过，北岛对里尔克的说法做了活学活用。里尔克讲的是，存在着"古老的敌意"，但我们作为诗人和艺术家应该设法超越这"古老的敌意"。而且里尔克讲的是一种对于人类命运的意识和洞察，不是要搞批判性。而北岛讲的是，身为作家和诗人，我们必须主动出示我们对时代的"古老的敌意"。至于要主动出示这种"古老的敌意"的缘由，就是确立一种文学意识形态的批判性，对时代、主流或权力永远保持批判。按北岛的雄心勃勃的说法：政治是短暂的，过眼烟云。这就有点奇怪了。假如政治所代表的主流和权力，从历史上看是如此短暂的，脆弱不堪。那么，诗歌和文学的写作何以要跟如此过眼烟云的东西较劲呢？而且这种较劲，很可能是以放弃诗歌和文学自身的东西为代价的。甚至需要耗尽大量的文学策略。

按北岛的讲法，反向实施的"古老的敌意"所引申出的文学的批判性，不仅涉及文学的立场，而且涉及文学的历史姿态，甚至是道德姿态。同时，也是涉及到当代文学的知识分子身份的大是大非的问题。北岛的这一文学观念，从根本上讲，可以看成是当代中国文学中一直存在的文学知识分子化的一个最近的调子越来越高的反应。即身为诗人和作家，就是要跟时代和现实较劲。粗听上去，似乎毫无问题。但它设定的抵抗模式和道德逻辑，就有点低幼化了。比如抵抗的模式，必须是批判性（而且从北岛举的例子看，它是一种既狭隘又机械的批判性。它不包容批判的多样性。这就像林贤治前些年所示范的那种一元论的批判性一样）。至于说到它的道德逻辑：假如不参与批判性（很多情形中，很可能是你参与了，但不是以它设定的那个文学模式参与的。那么，对不起。它没看出来，依然不算。这种专断，林贤治已表演过）。那么，它也早已按褊狭的文学道德论的尺寸替你订购了逃避现实的帽子。这就是我为什么会说它是一种新的文学意识形态，而且，极度缺乏自我反思的能力。因为从北岛的言述逻辑看，北岛还有林贤治所代表的文学观念，是在用新的批判性取代过去的政治性。将在当代进行的一切文学活动都纳入到文学批判性框架里来评估和衡量。而且，北岛所说的这个"较劲"（批判性的京味版本），透着一股强劲的文学功利主义色彩。至少，它在文学观念上是不宽容的。比如，北岛认为美国当代诗歌基本上跟北京街头的大妈的絮叨和啰嗦没什么区别。

从文学的形象学上看，这种较劲在文化姿态上和写作的道德姿态上确实显得很好看。对时代和社会施加批判性，既浪漫犀利又政治正确。文学保险中的绝对保险。作家的批判性？或文学的批判性？你想反对吗？你敢争辩吗？你瞧，问题到了这一步，有些话还真不好说。因为任何可能说出的话，都有冒犯那个批判性的政治正确之嫌。我先得声明，我赞成文学的批判性。不管这批判性，是奥威尔式的，布莱希特式的，还是贝克特式的，马拉美式的。抑或是奥登式的转弯抹角的充满反讽的批判性——诗歌毫无用处。也就是说，我赞同文学的批判性对文学而言（特别是对诗歌而言）必须是多样性的。但在我们这里，特别是刚才提高的那个文学意识形态的观念中，似乎布莱希特式的，容易被认可。马拉美式的？对不起，没听说过。马拉美在我们的法国文学史上，不是钻进象牙塔里从事写作的代表人物吗？"纯诗"就是逃避现实，就是放弃文学的责任。或者如北岛所反思的，1970年代提"纯文学"，那纯粹是一种功利性的"策略"。假如这文学的批判性，最后落实在我们的文学中只有一种模式，即时刻紧张着，并设置逻辑让文学必须时刻痛苦着（比如北岛声言"诗歌离不开痛苦的体验，没有这种体验，写诗就会变成一种文字游戏"）。那么，这就是在用一种走火入魔的文学偏见来看待我们的当代文学。这也是在用一种苛刻的浅薄的文学意识形态来误导我们的当代文学。而且，从当代文学的历史实践上看，这也是在将我们的诗歌和文学赶进一条狭窄而阴郁的死胡同。

林贤治在文学问题上痛苦了半天，却没想明白文学和痛苦的复杂关系，这情有可原。因为"古老的敌意"确实蛮深奥的。而北岛在"古老的敌意"的问题上想了半天，好像想明白了一点问题，但是却大大简化了问题的复杂性。这多少令人遗憾。按北岛的理解，如果不对时代和世界保持"古老的敌意"，那么，伟大的文学根本不可能产生。这就把"古老的敌意"当成了文学的一个必要的条件，同时也将它作为了文学是否伟大的一个尺度。这些都不免太狭隘。而北岛的逻辑也过于强辩。他的这些论断尤其是建立在对作家的当代身份的判断之上的：在当今，作家除了是手艺人还是知识分子。这样，作家必须是知识分子俨然就成了当代的作家身份的唯一选项。王蒙当年提"作家学者化"，本身就已糊涂不堪。这里，再将知识分子作为当代作家的身份标记，更是对文学的一个深刻的误解（如果不说是侮辱的话）。北岛把自己给绕了进去，也把当代中国的诗歌和文学给绕了进去。有点暧昧地，还多多少少把当代文学是否伟大也给绕了进去。这就把当代文学的弦人为地绷得太紧了。

这里，北岛将"古老的敌意"当作一个当代文学的前提，而且从文学的逻辑上表明，这不仅仅他本人需要面对的问题，而且整个当代中国文学都需要跟他一起面对的问题。这"古老的敌意"就像一张神通广大的文学政治的大网，笼罩着当代文学的写作场域。按北岛的解说，就是只要在当代从事文学写作，不管你写的是诗歌还是小说散文，你都已经身处在这张无形的紧张的痛苦的大网之中。很显然，北岛在这里为当代的文学写作设定的，已不仅是一个前提，而且还一种惊人的实践模型。但问题是，从文学的多样性的角度看，从文学的可能性上看，我们的当代的文学写作所面对的、所置身的、所要解决的问题，真的是这样一种情形吗？简而言之，北岛还有林贤治所代表的文学意识形态，都要求我们必须在文学是痛苦的或者文学是愉悦的这两者之间作出选择。而且这一选择事实上只能在预先已设定好的批判性的框架里进行。这确实挺让人痛苦的。因为这已不再是一种自由的选择。不再是我们对文学的可能性所作的选择。一切都已被批判性所预见。这究竟是一种破局，还是一种迷局呢？

按北岛的理解，当代诗人，当代作家的身份是一种双重身份的混合，由手艺人和知识分子叠合而成。为什么当代诗人和作家必须是知识分子？北岛本人没有明确给出过答案。似乎这身份不证自明的。这个还用问吗？是啊，长期以来，这个问题都没有在公开场合里被追问过。现在不问已经不行了。所以，现在当然要问。而且必须要问。为什么在当代的文学场域里，诗人身份本身已不能满足诗人自身的需要？或者，为什么作家身份本身已不能满足作家这一称谓的需要？以至于在当代的历史情境里诗人或作家必须成为知识分子？难道说，知识分子的身份比作家或诗人的身份更高级，或姿态更漂亮？另一个问题是，为什么知识分子身份会是当代写作的普遍身份？假如说，有一部分人觉得作家或诗人的身份已不能满足其需求，他们除了作家或诗人的写作身份外，还需要一个知识分子身份。这还说得过去，但如果说，知识分子在当代（或者随便哪个朝代吧）是作家或诗人必须具备的身份，那么，这就大谬不然了。这已威胁了文学写作的自由的本质。无形之中，北岛本人甚至可能都没有意识到，他其实是用一种特殊的文学意识形态（文学知识分子化）再给我们的当代文学上紧箍咒。当代写作需要知识分子身份？不。绝不。我已阐明，如果这是个别人或个别流派的需求，还多少讲得过去。但如果将"知识分子身份"作为当代文学的必要条件，或是当代写作的合法性的基础。那么对不起。我必须说，不！哪怕这个回答会又一次被诬蔑成"同谋"，或向权力或物质投降。

为什么，回答必须是"不"。

首先，我不赞成，北岛以及他所代表的文学势力强加给当代文学的那种"紧张关系"。从整个现代文学的历史发展看，我们的现代文学，特别是现代诗，一直处于各种各样的"紧张关系"中。现代文学在特殊的历史境遇里，认同了文学和历史的一致性，并付出了沉痛的文学代价，甚至是民族心智的代价，但反过来呢，文学和历史的一致性不断拧紧自身，给现代文学留置的空间越来越逼仄，越来越狭小。本来，文学和历史的一致性，只是现代文学的一个自由的选择，但最终，在特殊的历史境遇中，却被强化成了我们的文学传统，甚至被塑造成了我们对文学性质本身的基本认识。这些教训，已足够惨痛了。现在，必须是撬开文学和历史的一致性的时候了。当代文学的书写的可能性和自主性，必须从文学和历史的差异（不一致）中去寻找。而北岛所代表的文学意识形态依然迷信于文学和历史的一致性。并试图用批判性作为文学的胶带继续缠紧我们的当代文学的可能性和自主性。

这里，我们已触及到对当代文学的责任的辨别：文学在当代的最核心的任务就是抵制各种"紧张关系"，尤其是以"古老的敌意"的名义强加给当代文学的"紧张关系"。也许，一部分文学愿意参与制造各种"紧张关系"。比如，一首诗愿意将时代作为它的敌人。一部小说愿意将时代和现实作为它的审判对象。这未尝不可。但这只能是局部的文化现象，或是文学的多样性的一种表现。而从总体上说，当代文学的根本任务就是超越历史和文学的一致性，致力于文化和心灵的自由的想象。简要地说，它不是制造"紧张"，不是以"古老的敌意"呼应"古老的敌意"；而是要超越"古老的敌意"，提供更多的看待世界的角度。文学的目的，诗歌的目的，从根本上，是改变人们的想象力，更新人们对世界和现实的想象的认知。一言以蔽之，是敦促自我更新。从境界上讲，诗歌和小说的艺术致力于丰盈和充沛。

说到抵抗诗学与文学和历史的一致性的观念的关联，我们还可以简要地回顾一下中国现代诗的起源。从新诗发生学的角度看，新诗起源于对历史的发现，它发现了历史在文学的现代性中的作用；以及它扮演的丰富多彩的角色，其中最耀眼的当属启蒙的角色。但是，这只是问题的一个方面。随着新诗的革命，随着新诗的自由实践对诗歌语言施加的解放，新诗也在不停地反思历史和文学的一致性的观念。其实从一开始，新诗也在艰难地寻求着历史和文学之间的裂隙，开始致力于探索其自身的新的语言空间。而如果从新诗的写作的合法性上讲，新诗的合法性是建立对自我的信念基础上的。用王尔德的话说，就是"记录自身的灵魂"，它"比历史更有吸引力，因为它只涉及自身"。或者用惠特曼的话说，即诗是不同于历史的一种新的人文形式，它是"自我之歌"。新诗对历史和文学之间的差异的探求，屡屡被历史粗暴地打断。而恰恰是在北岛所极力抨击的1990年代，当代诗歌的写作迎来了它的历史机遇。在某种程度上，可以说当代诗歌恢复并继承了新诗对自我的信念，更加深入地开拓着"比历史更有吸引力"的文学空间。也不妨说，当代中国诗歌的最根本的立场就在于它坚信历史和文学的差异是可能的，是真实存在着的。"比历史更有吸引力"是一个全新的广阔的诗歌领域，也是诗歌的自主性的语言领地。这一新的诗歌领域所引发的书写，不在于制造"古老的敌意"，或纠结于"古老的敌意"，而在于展现"神秘的友谊"。

　　其次，我不赞成北岛的逻辑。它实际上是将知识分子的批判性混同于文学的批判性。或者更糟，直接将知识分子的批判性等同于文学的批判性。北岛在其讲座里引述了很多西方诗人的例子。给人的印象是，在西方的文学场域里，批判性是文学的一种普遍性。每个作家诗人都必须参与。这就是一种可怕的误导。文学的批判性，多多少少要带着知识分子的面具，就现代的文学知识而言，是西方文学展现给我们的。但是，没关系。无论是作为参照系，还是作为榜样的力量，都可以仿效。但麻烦的是，在西方，知识分子或文学对现实的批判中，它所指认的那个现实，和它在我们的文学语境里所指称的那个"现实"差别太大了。在西方知识分子设定的批判的逻辑中，"现实"是一个形而上的概念，一个总体概念。而在我们这里，还是回到北岛的讲座，"现实"就变成了非常具体的指控。而且，常常会变成一种责难的具体的对象。比如，北岛让我们想象,里尔克会是一个大地产商吗?这样,我们就会卷入到一种幼稚的对批判性的认知中;而如果再牵连到关于文学写作的知识分子的身份认知的话,那就更加贻笑大方了。假如写作的原型身份是贫穷的,没有房子的人从事的事业,是敌视周围的一切为基础的人的专业,是对权力的漂亮到极点的蔑视,那么,按北岛的逻辑,写《沉思录》的马可·奥勒留,又是怎么回事呢?马可·奥勒留身为罗马皇帝,似乎和贫穷或知识分子身份无关。那么,《沉思录》又会呈现怎样的批判性呢?再看伏尔泰,他是法国的大贵族。难道说,他们的写作是建立在回应"古老的敌意"中的批判性的基础之上的。显然,不是。那么,所谓的文学的批判性,所谓的文学的知识分子身份,就是一个需要用"当代"加以限定的事情。换句话说,用"当代"来限定的文学写作,那不过是一种极其特殊的文学意识形态的作为。很显然,这个强制性的限定,是对当代境遇中的文学写作的丰富性和多样性的一个遮蔽。所以,就文学写作而言,甚至就批判性而言,体面的做法是,最好别从写作人的贫富生态去想象文学的伟大,或者去勾连伟大的文学。

北岛对当代写作的另一个现实的指控似乎更具有爆炸性:"网络粉丝"是一种邪教。网络语言已败坏了当代中国的文学语言。现在流行的新媒体语言和网络语言是对汉语母语的严重侵蚀。因此,必须跟语言跟我们自己的母语较劲。不过,这也让我们怀疑,倘若文学或写作对母语的敌意,最后就沦落到这样一种与网络语言较劲的层面,那就真是没什么好说的了。我的一点都不幽默的困惑是,为什么知识分子的批判性(体现在北岛身上的)就不能反过来设想:网络语言可以是对现存的母语秩序的创造性的颠覆呢?这种颠覆又何尝不是一种语言的批判呢?甚至在某种程度上,可以被视为文学的批判呢?看起来,知识分子身份在文学层面所展示的批判性,在我们这里很容易变成一种单向的批判。当文学的批判性,或知识分子对文学的批判性的期待被如此神话之后,我觉得我们真的有必要坐下来好好梳理一下这个问题了。

我还是首先要声明,尽管有保留,但我基本上还是赞同文学要保持批判性,要具有某种批判的张力;甚至是有必要的话,还应该为历史发明新的批判性。不过,这种赞同主要不是体现在价值层面上,而是说要将文学的批判性看成是文学的多种功能中的一种。批判性的问题,在我们这里,一直涉及到文学的最高价值和终极品质的问题。这是我难以认同的。我们不能将批判性作为一种文学的尺度。批判性可以是一种知识的尺度，或一种思想的尺度。但是，文学应该讲求境界，这一境界必须超越时代，而不是古老地敌视时代。从文学境界上看，文学的批判性可以作为一种文学的境界吗？我的看法是，批判性只是一种特殊的文学功能，它还不是一种文学境界。

既然批判性由西方的知识引发，那么还是让我们再看看西方的例子。比如，在福克纳的文学中，批判性是如何显现的？从阅读学的角度看，福克纳的小说在主题上也许可以阐释为某种程度上的批判性，但福克纳的文学绝不会在文学价值观念上认同批判性。福克纳更不会以"古老的敌意"去应对周围的一切（无论它们是时代，还是母语）。批判性在福克纳那里，是非常次要的文学价值。福克纳着眼的是人类命运中的希望和怜悯。按我们的文学史的理解，契诃夫应该算是批判性很强的作家，但是契诃夫依然是以对人类命运的关怀和怜悯为文学的主要任务的作家。是深邃的怜悯和心智的洞察，而不是批判性，构成了这些伟大的作家的根本特征。换句话说，这些伟大的作家想要描写和呈现的是人类的情感和人类的心智，而不是希望我们无休止地卷入"古老的敌意"。他们不会在谈论文学的根本特征时，让我们费神地想象里尔克的伟大和有没有房子究竟有什么关系。所以，如果不能做到机敏地启发性地讨论一些问题，但至少应该做到得体地讨论它们。我确实不赞成把批判性搞成一种文学的紧张。北岛不爱听大学的行话，那就说句他喜欢津津乐道的人话吧：把文学的本质搞得这么"紧张"是会害死人的。

不过，这些偏差，其实都还好解决。最顽固的同时也过于狭隘的是，北岛给出的逻辑：当代写作必须以知识分子身份为依托，必须对时代和现实保持批判性。（我上面已分析过，它们在模式上在姿态上都已被预设好）。我觉得，对此一文学意识形态，现在是到必须加以澄清的时候了。多年以来，为了避免被从海外视为"同谋"，我或许还有其他的同道在这一问题上一直保持着沉默。艰难的沉默。在我们的当代文学中，文学的政治化，是一个重大的问题。文学的后政治化，同样是一个重大的问题。但是比这两个问题更重大的、也更根深蒂固的是，文学的知识分子化。北岛的言述实际上反映了这样一种状况，这种文学的知识分子化如今已更新为一种文学意识形态。在文化批评的实践中,则变成了一种带有道德色彩浓郁的文学政治。它最常见的集中表现就是,用知识分子身份来取代诗人身份或作家身份,用知识分子的视角来取代文学的视角,用批判性的视角来取代想象的视角。把知识分子对文学的期待变成一种独断的文学的目的论。而它设定的文学道德的逻辑也很强悍,基本上是逻辑你没商量。比如,林贤治对当代诗歌施用过的:假如诗歌不痛苦,那么就是诗歌的堕落,就是诗歌对世界的妥协。比如北岛的断言:"总而言之,诗歌离不开痛苦的体验,没有这种体验,写诗就会变成一种文字游戏。"假如诗歌是严肃的游戏(在奥登那里,它的确是。在德里达那里,它不可能不是),那么,诗歌就毫无价值。此外,假如诗歌或文学没有针对时代和世界施加"古老的敌意",那么,它就丧失了批判性,就是向世界的投降。而我的疑问是,文学逻辑在我们这里知识分子化以后,为什么会如此专断,如此满怀道德,陷入如此狭隘的目的论?

2011 年 10 月至 11 月

从里尔克"古老的敌意"谈起

韦白

1

先让我们温习一下北岛在《时间的玫瑰》中的一段话:"巴黎时期的前奏曲是沃尔普斯韦德(Worpswede),那是不莱梅和汉堡之间的一充满艺术情调的小镇,聚集着不少艺术家。通过一个画家朋友,里尔克加入他们的行列。那是世纪之交的狂欢,对末日审判的恐惧消弭后的狂欢。第一次世界大战尚在地平线以外,自文艺复兴以来的价值观虽被动摇,但还未被彻底粉碎。他们一起听音乐会,参观美术馆,狂欢之夜后乘马车郊游。两个年轻女画家的出现引起骚动。她们像姐妹俩,金发的叫波拉(Paula),黑发的叫克拉拉。里尔克在日记中写道:'我推开窗,她俩成了奇迹,向窗外的月夜探出头去,一身银光,月夜冰凉地抚摸着她俩笑得发烫的脸颊?一半是有知有识的画家,一半是无知无识的少女?接着,艺术之神附到她俩身上,他注视着,注视着。当他在此过程中变得足够深沉时,她们又回到了她们特有本质和奇迹的边缘,轻轻地再度潜入了她们的少女生活之中?'这两个女人的双重影像构成了他的少女神话,他写下这样的诗句:'少女们,诗人向你们学习,/ 学习如何表达你们的孤独?'

对于一个诗人来说,困难的是如何保持生活与艺术的距离。里尔克其实更喜欢金发的波拉,但他不愿破坏这理想的双重影像。踌躇观望中,一场混乱的排列组合,待尘埃落定,波拉跟别人订了婚。七年后,波拉因难产死去,里尔克在献给她的《安魂曲》中写道:'因为生活和伟大的作品之间 / 总存在某种古老的敌意?'……"

北岛在《时间的玫瑰》中引用的这段话,确实很有意味。难怪北岛在香港凤凰卫视上的一次演讲中把这段话作为开场白,并将"古老的敌意"作为演讲的主题。本来,我是很期待里尔克在波拉和克拉拉之间的选择中,如何与"古老的敌意"勾连起来的。北岛先生并未细说,只约略提了一句"他不愿破坏这理想的双重影像"。但我还是不理解,选择波拉会破坏这"这理想的双重影像",因此放弃了波拉,可是,选择克拉拉就不会吗?又也许是在踌躇观望中失去了机会,只好选择克拉拉。总之,这里面的内情,确实值得深究。

也许北岛先生只是要将"古老的敌意"这个短语的由来或者出处指出来,至于里尔克写下"古老的敌意"究竟出于怎样的考虑(人生态度上的?美学上的?宗教上的?客观现实上的?),并未细究。但由此引申出来的观点,却显示了北岛先生在文学立场、文学观念上的过人之处。他从"敌意"的字面解释中(敌意:这是诗意的说法,其实是指某种内在的紧张、紧张关系与悖论——北岛语),引申出三个紧张关系:一个作家与他所处时代的紧张关系;一个作家与他母语的紧张关系;一个作家与他本人写作的紧张关系。

在谈到作家与他所处时代的紧张关系时,北岛直言不讳地指出:"无论他生活在任何时代,无论生活在民主社会,或独裁制度,我认为他都应该远离文化主流,对所有权力及其话语持批判立场。在今天,作家不仅是写作的手艺人,同时也是广义上的公共知识分子,这种双重身份的认同,也是写作的动力之一。""在金钱与权力共谋的全球化的今天,你必须作出选择,在这个复杂的世界里,你必须持有复杂的立场与视角,并在写作中作出某种回应。"

北岛在谈到与母语的关系时,一针见血地指出了无所不在的"行话"和"娱乐语言",对汉语品质的伤害。在批判流行于学界的"行话"中,确实驳斥了一些学院的专家、教授(知道分子)对语言的破坏,便语言本身成为僵硬的教条而沦为空洞无物的无效空转的语言机器。而无处不在的"娱乐语言",则极大地消解了人们对复杂事物的理解力。

2

实际上,北岛的上述发言,已不是臧棣狭义地理解的对国内文学的批评或不屑。他是站在一个公共知识分子的立场来阐述当下国内文艺的概况。而臧棣对北岛的反诘,却故意或者说狡猾地将公共知识分子对公共问题的谈论简化为一种诗歌内部话语权之争及个人的恩怨得失中。因此,这里首先得澄清什么叫公共知识分子,以及公共知识分子应该担当的角色，以及公共知识分子与专家型的知识分子之间的分野。

　　实际上，现代知识分子的定义已不是以知道知识的多少为判别的标准，而是依据他在思想上的批判性。20 世纪对于知识分子最著名的两个描述，第一个来自葛兰西。他在《狱中札记》中写道："因此，我们可以说所有的人都是知识分子，但并不是所有的人在社会中都具有知识分子的作用。"葛兰西将知识分子分为传统的知识分子（例如老师、教士、行政官吏）和有机的知识分子（这类人与阶级或企业直接相关，而这些阶段或企业运用这些知识分子来组织利益，赢得更多的利益，获得更多的控制）。另一个来自班达对于知识分子的著名定义："知识分子是一小群才智出众，道德高超的哲学家——国王，他们构成人类的良心。"我更倾心于萨义德对知识分子的一些界定："知识分子的公共角色是局外人、'业余者'、扰乱现状的人""知识分子的主要责任就是从这些压力中寻求相对的独立。因此，我把知识分子刻画成流亡者和边缘人，业余者，对权势说真话的人。""真正的知识分子在受到形而上的热情以及正义、真理的超然无私的原则感召时，叱咤腐败、保卫弱者、反抗不完美的或压迫的权威，这才是他们的本色。""他们必须是具有坚强人格的彻彻底底的个人。"萨义德在分析班达的知识分子定义时，还从班达的观点中找到了这样的话语："特立独行的人，能向权势说真话的人，耿直、雄辩、极为勇敢及愤怒的个人，对他而言，不管世间权势如何庞大、壮观，都是可以批评、直截了当地责难的。"

　　这种严格意义上的知识分子，实际上接近我们所讲的公共知识分子。其特征是在专业研究之外兼具公共关怀，或者将自己的专业知识和公共关怀结合起来，他们不仅仅是专家，而是社会的良知。他们特别具有批判精神，能够对权势说"不"。陶东风先生在谈到公共知识分子的时候这样说："作为公共知识分子，不但不是柏拉图式的哲学家，也不是专家和学问家（虽然他们大多同时是学问家和专家），也不以'专业'、'学问家'的标准和规范要求自己的文化批评实践。""不同于专家，公共知识分子不是一个固定身份，只有当他出于公共关怀、进行公共性书写的时候，他才是公共知识分子。""公共知识分子的标志是公共关怀而不是专业知识（虽然也不乏专业知识），是他的公共理性而不是思辩理性（虽然也不乏思辩理性）。公共理性不同于思辩理性。有些学者有精致的思辩理性，但是却没有或缺乏通达的公共理性。"

　　关于专业知识分子的定义，我们可以听听萨义德的观点："是指把身为知识分子的工作当成为稻粱谋，朝九晚五，一眼盯着时钟，一眼留意着什么才是恰当、专业的行径——不破坏团体，不逾越公认的范式或限制，促销自己，尤其是使自己有市场性，因而是没有争议的、不具政治性的、'客观的'。"

　　从上面，可以很清楚地看出，北岛在进行公开演讲时，实际上是站在知识分子（或者更准确地说是站在公共知识分子）的立场上进行他的言说的。作为公共知识分子，他对当下国内知识界、文艺界的批判应该说充分体现了一个公共知识分子的勇气和担当，不但不应受到指责，而应该同他一起进行思考和批判，而臧棣以专业知识分子的有限视野，进行较为激烈的批评，实际上并非是出于个人的恩怨，而是公共知识分子与专业知识分子的一种立场的分野。因此，臧棣在辩驳北岛时一次次将其目标锁定在专业的知识上，而转移立场上的真正对立。事实上，我们从公共知识分子（萨义德、陶东风、崔卫平）的论述中，可以清楚地看到，一个公共知识分子并非是由于他们的专业知识优长而具有真正的分量，而是由于他们的公共理性和公共关怀，萨义德一次次提到"业余者"、"局外人"并非是谬谈，并且明确提出"今天的知识分子应该是个业余者"，他是针对确有某些知识分子（实际上是知道分子）具有"精致的思辩的理性"却没有"通达的公共理性"而言的。

3

　　"犬儒主义"的鼻祖是公元前五到四世纪希腊的底约基尼斯（Diogenes），他的哲学一反当时浮夸的哲学和社会习气，以行动而非理论展示他的行为哲学。为了证明人对尘世物质要求越少便越自由，他生活在一个桶里，以最低生存需求来生活。雅典人因此称他为"犬"。古代的"犬儒主义"具有三种倾向：一是随遇而安的非欲生存方式；二是不相信一切现有价值；三是戏剧性的冷嘲热讽。

　　这次引发辩论的真正导火索，很可能是北岛针对臧棣本人的诗学观点提出了批判，甚至有可能确实将"犬儒主义"的帽子送给了臧棣。依我个人来看，说"犬儒主义"确实还存在争议。应该说臧棣是一个顽固不化的审美主义者。因为"犬儒主义"固然有对现实妥协的一面，但它一开始就有一种对文化价值的对抗精神。一种不仅怀疑而且漠视由主流世界提供的对世界的解释，其基础是认为世界是不值得进行严肃对待，因此"犬儒"有强烈的怀疑精神，玩世不恭是其基本的价值立场和处世态度。而具体到臧棣身上，他连基本的怀疑立场都取消了。我们无法从他的作品中看到真正的对社会现实的抵抗，也没有一种真正的为了表现对这个不正常社会的不信任而采取的玩世不恭或委曲求全。他的诗学主张一目了然，就是放下所有的价值判断，而沉浸于审美所带来的愉悦之中。所以，他在论坛（文学自由坛、诗东西）上，一次次阐释他的"快乐"诗学，并以此为标杆，大谈这种去除了所有价值取向的诗学的美妙之处——取消了影响的焦虑，也废除了深度意识所带来的沉重感。他追求语言的飘逸和"快感"，修辞的巧妙与用词的精当，并以机械制造般的"整齐"、"光滑"与"锃亮"来实践自己的诗歌美学。

如果仍将其视为犬儒主义，应该可以看做是"犬儒主义"的现代变种——冷酷无情、反顾自身。以缺乏本真为由而放弃政见，并带着审美主义或虚无主义的气质。或者说，臧棣以审美主义为借口，实际上成了归化了的体制内知识分子的同谋。也是徐贲在《呼吸肮脏空气的知识分子》中所概括的"他们是呼吸肮脏空气而不知道空气有多么肮脏的那一群人。"

4

如果臧棣仅仅是个体性情的原因，在面对文字时放弃了价值的判断和道德的标准，这也是可以原谅的。但以自身的"无价值判断"来否定公共知识分子的"价值判断"，就不是个体性情和美学选择所能解释得了的。个人面对生活与文学，有"轻"与"重"的选择自由，但以自身的"轻"来否定别人的"重"，已超出了美学判断而上升为文学政治的分野。

北岛强调一个作家应该与他所处的时代处于一种紧张的关系。实际上，他是选择了生存之重。而臧棣选择躲进文字的"百宝箱"而不管外界的风和雨，他选择的是生存之轻。北岛是有意肩负一个民族的文化重任（所以，他才有文化复兴一说），他有没有能力是一回事，他愿不愿意去担当又是另一回事。但他勇于担当被臧棣取笑，则实在有点太荒唐。

一个作家无疑是享有与主流意态相对抗或者与主流意识形态相和解的自由。但这两种对立的态度，在人性的天平上永远会倾向于前者。臧棣常常谈及的"王尔德"、"纳博科夫"、"博尔赫斯"，确实是世界文坛的大家，也是不折不扣的审美主义者。从他们的作品中去寻找与现实的对抗，确实也是缘木求鱼（当然要排除王尔德的晚期作品，他在被囚禁后，思想已有所转变），但我至今也未找到他们对于不同于他们的美学倾向的、选择承担精神的文学进行热嘲冷讽的例子。但我们确实可以找到将世界走向、人类未来、国家民族的忧患、社会现实的体认、个人生命的遭际融于一体的作品，它们将人性的光辉、道德的力量、语言的光彩揉为一体，成为亘久的经典。在文学的先贤祠中，是他们的作品成为了真正的文学天穹。我们可以随便列举出如托尔斯泰、卡夫卡、加缪、马尔克斯、帕斯捷尔纳克等一大批这样的经典作家。

不像一些民间诗人完全否定臧棣的诗歌写作，我个人认为臧棣的"快乐诗歌"在汉语诗歌的语言上还是有它的可取之处。臧棣诗歌通过巧妙的修辞，可以提升诗歌语言的张力，在某些时候也能偶尔揉合进一些个人的体验，但总的来说缺乏"生活的体温"而显得干瘪。但这样的作品作为一种探索未尝不可，但将其称为伟大的诗歌为时尚早。在国际文坛上，我们可以联想到罗伯特·格里耶，他的作品无疑也是干瘪的，也是没有生命湿润感的作品，但经过克洛德·西蒙的推进，加进了文人关怀，终于也成就了《弗兰德公路》和《农事诗》这样的杰作。所以，臧棣的诗学不应该选择与人文精神的对抗，而是应该积极或主动地揉进文人关怀，重新审视与语言、与世界的关系。也就是说，他真正缺乏的恰恰是北岛之所长，一种敢于承担的精神和直面世界的勇气。

5

让我们还是回到北岛提到的"作家与他所处的时代的紧张关系"上，如果说臧棣是一种"犬儒主义"的变种，伊沙则可以归属于经典的"犬儒主义"。虽然他在与时代的关系上采取了完全不同的样式，但本质上却是同一的。臧棣是将价值悬置，伊沙则是嘲弄一切价值，他选择的向度貌似反抗，其实是一种彻底的玩世不恭，他实际上不可能也没有像北岛一样，以严肃的态度与体制形成一种紧张关系，而是钻体制的空子而行投机之实。北岛所代表的是真正的知识分子精神，是严肃的、不规避风险的、有所赞成有所反对的，而伊沙之流却是趋吉避凶的、嘲弄一切价值（伪价值与真价值一齐反）的。如果说，北岛的文本在诗学的语言层面上有较为薄弱的嫌疑，伊沙之流的"口水"却极大地败坏了汉语诗学的品质。一方面，伊沙之流标榜具有强烈的叛逆心理，认定世界上没有不可以怀疑和亵渎的东西，但另一方面又玩世不恭，不相信世界上有什么可以追求的崇高价值和真理。他们否定、调侃，激进无比却又不具备建设性。小心避免与权力的冲突，他们的本质不是反抗，而是投机取巧。

正是这样一个伊沙，在"审美中心主义者"臧棣的心中，居然会为之折服（臧棣在他的反驳文章中说"从于坚、伊沙等人那里学到了东西"），这从另一方面也说明臧棣在内在实质上确实具有犬儒精神，缺乏明确有效的原则性。伊沙之流将当代汉语诗歌彻底地粗鄙化了，他们的作品不仅不具有批判性，而是本身就应该成为批判的对象。伊沙的"口水"和沈浩波的"下半身"并非像诗界某些人鼓吹的那样具有"革命性"和"颠覆性"，他们语言中的暴力与存在于这个社会中的暴力是一致的。

6

北岛先生演讲的第二个紧张关系是作家与母语的紧张关系。并特别指出流行于学院之内的"行话"使对生活、对文学、对艺术的言说变得异常的困难。并对这种几乎具有压迫性的强制性的符号系统进行了公开的抵制。这也是他在对复旦大学的教授们胡诌所谓的"朦胧诗派应该纳入'伤痕文学'"时，表示了坚决的不屑和反驳。

这种流行于学院系统的"行话"系统，在当代的文化建构中具有压倒性的优势。它直接侵害了文学艺术自身的鲜活性、及物性。这种"行话"系统的泛滥，是一个世界性的征象，并非中国特有的现象，是伴随现代教育系统——学院而派生出来的一种奇怪的建制。这种"行话"系统的普遍使用，使一种虚假的文体成为一种最显赫的文体，只要按照这个"行话"系统的"行话"语言进行炮制，一篇充斥着各种虚假理论、虚假名词的学术文章可以在"寻章摘句"中很快成形并可以大规模炮制。

我们来看看黄灿然先生在谈及外国文艺中的"行话"系统时是怎么说的:"这种'学院式的批评'已经走火入魔——却并非穷途末路,而是大行其道。学院式批评的一个恐怖之处,是用一二个理念来写一本书,而一本书似乎就是由数百种其他书构筑而成的——而不是消化这些书的结果。可这样一二个理念在一位杰出的作家批评家或诗人批评家那里只是一两句话而已,穿戴沉重的盔甲,看上去似模似样,但穿戴者并不是什么身强力壮的将军或武士,而只是一个没站立几秒钟就会被盔甲压垮的五脏亏损的虚弱者。但可怕的、或可怜的,并不是这样一个虚弱的武装者,而是他让我们细看他如何设计、搜集材料、制造他的沉重装备然后把自己硬撑起来的过程。"我很惊叹黄灿然先生的概括力和对学院派专家们那种活灵活现的逼真画像。作为公共知识分子的北岛,对这些腐朽的甚至是"泊来的文学史研究方法"的专家们不屑一顾自然是情理之中。我们应该抵制这种几乎让真正的文学艺术窒息的"行话"语言,文学史是时间写就的,不是这些"脑袋进水"的所谓专家们碗里的菜(他们想怎样折腾就怎么折腾,完全罔顾历史的真相和真正的文学史的真相),中国文学史重写理当必要,但这些充斥着"行话"语言的、甚至迎合体制要求的文学史无疑是虚假的。

7

有一篇古老的寓言故事——盲人摸象,说的是一群瞎子去摸一头象,结果摸到象耳的说象是一把扇子,摸到象腿的说象是一根柱子,摸到象腹的说象是一堵墙,等等。他们原本也没有什么错,因为他们眼睛是瞎的,不可能看到整体,因此只能根据自己实际摸到的东西给象下定义。象是同一头象,各个瞎子下的定义却各不相同。所以面对同一种事物,不同的人可能得出完全不一样甚至相反的结论。

面对当前的文艺现状,或者缩小到当前的诗歌现状,北岛的看法是"危机四伏",而臧棣的看法则是"最好的时期"。同时,我也留意到桑克也认为是"最好的时期"。但我认为这只是他们那个小圈子的一种偏见,就像摸象的人摸到象耳时说象就是一把扇子一样的荒谬。我同意北岛的"危机四伏",危机主要表现在下面几个方面:

（1）诗歌源头上面临的困境。我曾经在随笔中不止一次地谈到过这个问题。当下中国诗歌面临的危机，比以往任何一次面临的危机都更加严峻。从新诗产生之日起，前辈诗人把向西方诗歌的学习当成必不可少的一课，方向感明确而具体。并且在对西方诗歌补课式的大规模引进中，确实"拿来"了一些西方现代诗歌的经典作品和写作理念、技法，对新诗自身的建设与繁衍起到了积极的促进作用。当下中国诗歌在整个社会的"复古"化思潮中，明显处于孤立的位置，引进外国诗歌的原动力已减弱了许多。加之，西方诗歌（特别是英美主流诗歌）出现的"语言学转向"，使翻译引进外国诗歌变得更加的困难甚至变得不可能。因为某些语言上的革新与创造是该种语言自身结构上的、或者是音律上的，在另外一种语言中"复活"或者"复现"的可能性极小，这样无形中会使西方诗歌中最新的一些发展和动向，由于翻译的障碍而被迫屏蔽掉。而返回本土语言的诗学之路，又无时无刻不受到现代世界文明对本土文化和语言的侵蚀，我们事实上已无法回到所谓纯净的本土语言中去，或者说我们所谓的本土语言早已是被世界当代文明所洗涮后留下的一件千疮百孔的"百衲衣"，中国当代诗歌与中国当代的社会政治、经济、文化一样，正处于进退失据、左右为难之境，未来如何，谁也无法预料。

（2）诗歌生态的空前败坏。一个商人可以在诗歌圈子里踩上一只脚，一个官员可以在诗歌圈子里混一个脸熟。唯独真正的写作者无人问津。得奖者非富即贵，已是普遍现象。当下的诗坛有点像水泊梁山。一百单八将的座次似乎已经排好。即使某位的作品严重滑坡，也不会被拉下来，即使某位的作品出奇的好，也不会挤上去。虽然，从长远的历史来看，肯定会有所调整，但目前的情形却有着阶层之间的固化倾向。因为，一个诗人的影响力已不再是以作品的好坏为基准了，而是与是否进入了某个文学圈息息相关。当然，这与中国社会的根深蒂固的按资排辈的习气密不可分，同时也是诗歌江湖化的集中而具体的体现。

（3）诗歌批评的空前混乱。中国优秀的诗人批评家少之又少，这就造成了一些学院的所谓"批评家"——对诗歌毫无直观感受但又身处学院文化批评的位置上的一些人，通过"行话"组装式的拼凑，编织出一篇篇既无诗学主张又无诗学鉴别力的所谓批评文章。更有甚者，成为一些附庸风雅的政客或商人的"枪手"，完全不顾学术良心和学术规范,胡吹海捧,把一些既无意义又无价值的所谓诗歌无限地拔高。而一些游散的"江湖诗人",把所谓的评论文章完全变成了"拉家常",或者成为"拉帮结派"的工具。

在一个如此混乱、芜杂、黑白颠倒、恶性循环的语境下,来谈论中国诗歌"最好的时期"确实有点滑稽而荒诞,让我们还是来听一听北岛先生的逆耳忠言吧:"我们正退入人类文明的最后防线——这是一个毫无精神向度、丧失文化价值与理想、充斥语言垃圾的时代。我们生活在学者、商人、政客的行话与通行的娱乐网络语言中。在全球化的网络时代,这种雅俗结合构成最大公约数,正简化着人类语言的表现力。"

8

在这场臧棣公开批评北岛的事情上,有一个关键点是大家都没有明说的,那就是体制的问题。北岛对国内文学如此严厉的批评,他基于的是一种文化的现象,就是从一种外在的感觉上去进行判断,而这种判断是否与真实的实情相符,这是大有疑问的。在这种不正常的体制下,实际上存在"劣币驱逐良币"的现象。而人们获得资讯的方式又被限定在传媒与正式的刊物上(当然北岛也会收到一些非正规刊物),那么即使存在与大家表面上看到的迥然不同的作品,也可能被淹没、被遮蔽掉了。实际上,介入现实,在诗歌中坚持价值判断并具有抵抗意识的作品确实存在,但在整体的文学作品中确实被边缘化、被淹没掉了。其原因应归结于整个社会的文化征候,而不是作家或诗人本身。在现有的文化体制下,体制内文学始终占据着有利的位置,而即使流转于地下的文学,往往也被一些热衷于江湖的活动家所把持。因此,单从表面上去进行文学现状的判断,肯定有误差。但任何的总结性的结论恰恰又只能从文化现象学上去归纳。因此,造成文学现象学上的表观感受与文学自身的内在实情相脱钩。但无论文学自身的真相如何,一个公共知识分子他发言的基础,只能针对表露出来的文化现象学,而不可能深入到所有文化的内部去挖掘所有的真相再进行发言。但即使这种发言与真实的文学实情有误差,仍然是有意义的。因为,表露出来的文化现象实际上仍然是整个文化语境中最为显赫的部分,也是对整个社会发生真正关联的部分。那么,在表观现象学上暴露出来的问题,恰恰是公共知识分子应该介入和积极参与的问题。

面对文化体制所展露出来的文化现象,北岛的批评是有效的。事实上,这些日益恶化的文化生态、日益猖獗的文化管制,几乎是所有的文学创作者都能感同身受的。但并不是所有的国内作家都变成了犬儒主义者,即使有诗人和作家做出强硬的抵抗,在这种文化体制下这种抵抗的声音也无法发出。因此,北岛在论及国内作家的现状时,确实有些过于武断和过于轻率。但北岛敢于站出来批评,一方面他有站出来说话的条件,另一方面,他始终保有一份知识分子的责任感。臧棣站出来指出北岛的轻率之处固然有他的道理,但臧棣对北岛的贬损则毫无道理。按理,臧棣生活在国内,对整个文化体制、文化生态的了解比北岛要熟悉,但我们始终没有听到过臧棣对如此糟糕的文化体制和文化生态作出过任何正面的批评,哪怕是一星半点,甚至还在那里高歌所谓"最好的时期"(虽然我也知道臧棣谈论的"最好的时期"与北岛谈论的文化危机不是一码事。打个比方说,有一间破屋子,四处漏风、漏雨,快要倒了,其中坐着一些绘画的孩子,大部分孩子的画被雨淋湿了、变形了,或者被风吹跑了,或者被严厉的老师没收了,而确实有几个孩子躲在墙角画出了绝妙的图画,却很难拿出来。而老师拿出来展示的却又是平庸得不能再平庸的孩子的绘画,我们从总体上谈论这些孩子的绘画时,我们无疑会说他们的绘画危机四伏,而不会迁就那几个画出了绝妙图画的孩子而说这间房子里的孩子的绘画正处于"最好的时期");也没有从客观上对一些沉潜的、有价值判断又有诗学考量的作品表示过支持,而是沉浸在他个人诗学的小圈子里画地为牢。退一步讲,臧棣坚持他的"快乐诗学"也是一种沉默的抵抗,或者在臧棣看来"抵抗诗学"过于狭窄,文学应该跳出"抵抗诗学"的范畴。但是,他对仍然坚持"抵抗诗学"的北岛表现出来的心理优势,从文学层面上也许有他的理由,在文学政治层面上、在文学道德上、在知识分子的良知上却相形见绌。这是臧棣不明白、或者不愿明白、或者故意不明白的地方。

9

臧棣的访谈(指臧棣访谈《北岛,不是我批评你》——编者注)进展到第十一部分,真正的问题已完全显露出来了。臧棣实际上对第十一部分访谈的议题还是有点不自信的。所以,他在这段访谈中"谦虚"了一下:"我本人对实际的政治不感兴趣。只是因为我的新诗史专业,在知识视域上涉及到诗歌和政治、文学和政治的关联,所以,我偶尔翻看一些政治思想史方面的著述。我对政治哲学有兴趣,但那也纯粹是由于诗歌之谜涉及到政治哲学的某些层面。"

从臧棣开出的书单来说,他确实对政治哲学缺乏深入的研究。确实是"偶尔"、并且"纯粹是由于诗歌之谜涉及到政治哲学的某些层面"。问题就出在这里。由于臧棣对实际政治"不感兴趣",实际上如果不是出于诗歌的原因,对政治哲学只怕也只有那么感兴趣。因此,他才会在"文学与政治"的关系上出大问题。他才不理解北岛作为一个在诗歌中具有极强政治情结的人,在演讲中却又会说"政治、经济是短暂的,都是过眼云烟";他才会说北岛对国内文化现象学上的批评是"文化纳粹思维"。这里,印证了臧棣对公共知识分子缺乏起码的了解。并且对公共知识分子和专业知识分子之间的区别缺乏基本的分辨。我认为,臧棣在这里实际上无法分辨"现实政治"、"文学中的政治维度"、"知识分子的政治立场"。

现实政治是现实的政治形态、政治理念、政治操作、政治宣传等等。文学中的政治维度是指文学作品中作为背景存在的政治意识。而知识分子的政治立场则是指知识分子向公众发言,表述自己对现实政治、文化的看法。进入现实政治领域的是政治家。而文学家面对文字时,可以选择与政治相关的介入性写作,也可以选择与政治无关的非介入性写作。但作为知识分子(尤其是公共知识分子)必须保持对政治的思考与介入,并且往往是持批判立场的介入。上文已经说过,这是西方对当代知识分子的重新定义。

因此,我们来谈论北岛看似矛盾实则统一的言论时,许多疑惑就迎刃而解了。一方面,北岛在诗歌中有极强的"政治意识",或者说北岛用诗歌介入政治的思考,这充分体现了知识分子良心;另一方面,北岛不是政治家,所以他才会说"政治、经济是短暂的,都是过眼云烟"。实际上,这都是站在知识分子的立场上才会出现的看似矛盾实则统一的思维。一方面,知识分子不是政治家,他不对现实政治负责,并且也确实知道政治的短暂性,所以不直接参与现实政治,但本着知识分子良知又恰恰关切现实政治中暴露出来的问题——即北岛讲的"真问题"。而臧棣将现实政治与北岛文学中的政治维度混为一谈。

真正的知识分子立场是对现实政治持批判态度而又高度关注现实政治。一方面,他会摆脱"民族国家"所垄断的意识形态思维(所以北岛说:"'漂泊'的好处是超越了这种简单化的二元对立,获得某种更复杂的视角,因而需要调整立场,对任何权力以及话语系统都保持必要的警惕。就这一点而言,对'民族国家'的认同是危险的。"),一方面,他又挑起"民族复兴"议题。其实，这里根本就不矛盾，他所反抗的是现实政治所强加的"二元对立思维"，但知识分子的良知又促使他以民族的兴亡为己任。

到这里，我们可以理一理北岛的文学理念与臧棣的文学理念／北岛的现实政治立场和臧棣的现实政治立场了。北岛的文学理念——主张介入性写作／臧棣的文学理念——主张非介入性写作，北岛的现实政治立场——对现实政治持批判立场／臧棣对现实政治持合作立场。而这种分野表面上看是文学政治的分野，从根本出发点上其实还是政治立场的分野，从身份上讲则是公共知识分子与专业知识分子的分野。

因此，北岛从一位诗人正在完成向公共知识分子转化（这倒不一定是他主动的，有很大程度上可能还是被动的），但他知识分子的良知和情怀倒是自始至终的。一个作家成为公众人物后，他会自觉不自觉地转化为公共知识分子，能够在转化成公共知识分子后担负起公共知识分子的责任，尤其难能可贵。作为公共知识分子，他就有理由也有必要对社会的政治、文化、生活发表自己的批评意见（且应该是负面的批评意见），公共知识分子应该是社会的"解毒剂"，是让权贵们感到不舒服的人。所以，北岛说"要跟时代过不去、跟母语过不去、跟自己过不去"。他要保持与时代的紧张关系、与母语的紧张关系、与自己的紧张关系。而一个专业知识分子则有着完全不同的走向。让我们来温习一下雅思贝尔斯在《时代的精神状况》中对专业知识分子的一些论述吧："他总是表现为一个合作者，因为他希望自己永远是有用的。""他没有个性，也不恶毒。""绝不懂得责任的涵义，虽然'责任'一词老是挂在嘴边。""他在理智主义中找到自己真正的家。理智主义使他感到舒服。""他无例外地接受种种思想方式、范畴和方法，但只把它们当作说话的形式。""他总是谈论结果，而不关心真正的洞见。""情绪之激昂掩饰了他鳗鱼般的油滑。"有时候，我们不得不佩服真正的哲学家的穿透力，雅思贝尔斯在1930年就写出了这种专业化倾向而导致的人的蜕变。他当时用的原话是"一种无名的力量，这种力量很可能在暗地里支配着所有人，它或者要使我们都变成它的一部分，或者要把我们从生活中排斥出去"。雅思贝尔斯感到的这股无名的力量就是现代社会一种占支配地位的专业化倾向，使专业知识分子从有可能变为具有"不合作"精神的公共知识分子，而滑向一种具有"合作精神"的社会肯定性力量——亦即马尔库塞提出的——"单面人"。

2011年11月

翻譯
TRANSLATION

诗 | Poetry Construction
建设

杰克·吉尔伯特（Jack Gilbert），美国诗人，1925 年生于匹兹堡，曾在希腊、日本等地生活多年，后长期居住在旧金山等地，著有诗集《危险观察》、《独石》、《大火：诗 1982-1992》、《拒绝天堂》、《独一无二的舞蹈》等。

杰克·吉尔伯特诗选（14首）

柳向阳 译

我们内心的友谊

为什么是嘴？为什么我们用嘴迎向嘴
在最后的时刻？为什么不用著名的腹股沟？
因为腹股沟太远。而嘴贴近精神。
我们一整夜绝望地结合，在开始
数年的牢笼生活之前。但这是身体的告别。
我们吻我们爱的人，作为棺木闭合前
最后一件事，因为这是我们的存在
触摸未知的世界。吻是在我们内心的边界。
它是调情成为求爱之处，
起舞结束、舞蹈开始之处。
嘴是我们进入私密的要道，
而她在其中安居。她的嘴
是大脑的门廊。心的前院。
通向被加冕的神秘。我们在那儿
在天使中间短暂地相遇。

一种勇气

在农场那边放羊的那个女孩如今十二岁，
已经被带出了学校。她的生活结束了。
我给我天才的弟弟在钢厂找了个暑期工，
而他呆了一辈子。我和一个女人生活四年，
她后来发了疯，从医院逃出来，

搭车横穿美国，多么可怕，在雪中
没有外套。被大多数载她一程的男人强奸。
即使我如此发动自己的心，而它仍空转不停。
在阳光里，在大陆和必死性的喷发之上，
通过风和飘落数里之广的密雨，向高处延伸。
直到整个世界被曾在我们内部
上升又上升的东西克服——它且歌且舞，
且扔下花朵。

拒绝天堂

这些身穿黑衣、在冬天望早弥撒的的老年妇女，
是他的一个难题。他能从她们的眼睛辨认出
她们已经看到基督。她们使
他的存在之核及其周围的透明
显得不足，仿佛他需要许多横梁
承起他无法使用的灵魂。但他选择了
与主作对。他将不放弃他的生活。
不放弃他的童年，和那九十二座
跨越他青年时两条河流的桥梁。还有
沿岸的工厂，他曾在那儿工作，
并长成一个年轻人。工厂被侵蚀殆尽，
又被太阳和锈迹侵蚀。他需要它们
作为衡量，哪怕它们消失不见。
镀银已经脱落，露出下面的黄铜，
这样对它更适合。他将度量这些
凭着夜雨后水泥边道的气息。
他像一只旧渡船被拖到河滩上，
一个家在它破碎的恢宏之中，带着巨大的横柱
和托梁。像一片失控的林海。
一颗搁浅的心。一凉锅的融解之物。

一路繁花盛开

当生命闭拢，精神张开。
试图框出上帝的尺寸，无论大小。
发现死亡到来让我们变得彰显。
认识到我们必须在时间结束前
抵达它的内核——我们作为墙壁
而围绕的那一部分。并非善或恶，
亦非死亡或来生，而是我们
这期间所包含的意义。（他一边走
一边回忆，啄入美，
心吃进赤裸的灵魂。）
身体是一个大国，心智是一件礼物。
他们一起定义了实在性。
精神能够知晓，主作为一种风味
而非强力。灵魂雄心勃勃
追求不可见的事物。渴望一种牺牲
既是精神又是肉体。两者皆非。

一次感恩起舞

他的精神跳起很久以前，和以后。
星光照在破旧的宾夕法尼亚西部
一条乡村路上。嗅到青草
和铁锈。和快乐。
他的精神迎接那个意大利新年
在一个山中小镇，鹅卵石街道上
到处是悦耳的碰杯声。
香槟和初吻。
太害羞，不敢看对方，他们之间
没有语言。他独自起舞，跳起
那以后。此刻他们坐在沉甸甸的
罗马阳光里，谈论如今

他们结婚的人。他悄悄地
跳起华尔兹——她在令人讶然的美
之中，饮葡萄酒，欢笑，她身后窗子里
积满了冬雨。

夜的美妙滋味

当我醒来，我的头脑在说，"这世界
会原谅我多愁善感，但我有些自作多情。"
于是我去了外面。风已停。
残月当头，星星
比往常更亮。一艘货船
正从远处驶进港口，
灯火通明。山谷静极，我能听到
引擎的声音。狗儿安静，刚对着满月
汪汪叫了一星期，累坏了。失败后的安逸。
那艘船从山的另一侧驶出来，
轻柔地向港口拉响汽笛。
唤醒了山上的一只公鸡。又驶到
第二座山的后面，我开始回到
农舍里。"整日整夜的时间
听到我哭泣。这世界将原谅我的感情。"
我在床上唱着，黑暗中，我的嗓音
因为几天不说话而变得陌生。
想念琳达，但对着别的某物唱歌。

快乐地种豆子

我一直等到太阳下山时
才去种豆苗。我正要开始
种豌豆，电话响了。
一场漫长的谈话，关于

这样生活在树林里
可能对我有什么影响。结束时
天已经黑了。做了金枪鱼三明治
又读了一本长篇小说的后一半。
发现我自己在外面、四月的月光里
正把剩下的豌豆苗
插入松软的泥土。已经过了午夜。
有一只鸟断断续续地鸣叫,
而我能听到下面溪水的声音。
她说我正变得奇怪,大概是对的。
毕竟,松尾巴蕉和托尔斯泰最后
至少都去了某个地方。

隐秘的耕作

他们把捆好的天使和大麦一起
堆放在打麦场上,赶着牛和驴子
一整天在上面。在海上吹来的风里
扬起混合物,从曾经的黄金里
分出淡黄色的麦粒。
它在明亮的空气里燃烧。
当黑夜来临,麦糠堆成山,
几乎高过农舍。但
其余的只有八袋。

1960 年 12 月 9 日

凌晨三点在博洛尼亚①四处闲逛。
美丽的带拱廊的广场空无一人。冬雨。
四点五分上了火车,睡得难受
在闷热的车厢里,蜷缩在半个
座位上。天还没大亮。薄雾中

开始看见一点东西。隐约的大山
点缀着雪。更高处松树结了冰。
后面是牡蛎白。火车沿着一条河
在山间行进。大多是苹果园，
偶尔还有黯淡的苹果挂在树梢。
还有葡萄园。这儿没有意大利的感觉。
没有翁布里布农民在他们的白色海上耕种
那种感觉。而是一辆拖拉机
靠近果园撒堆肥：腐烂的红色葫芦科碎物。
后来，另一个男人站在河里，
拿着一根长柄的网，一动不动地
盯着下面。那时看到博尔扎诺和梅拉诺
之间的通勤车。在洗手间换了短裤。
在车站检查了行李，向市中心
走去。到处是旅馆。
夏日山上的风景，冬天滑雪。
去了旅馆，询问庞德的事。（因为
地址忘在了佩鲁贾的家里。）
他们说他已经不在那儿了。再去
旅客服务处。赫舍尔说，是的，庞德
还在那儿。我出来时暗自发笑，仿佛
我曾经很狡黠。然后，等待第一趟公汽
去蒂罗洛。它十点半离开。预计
到那儿一个半小时的路程。

注 ①：博洛尼亚是意大利中部城市，向南到意大利半岛上的佩鲁
贾、罗马，向北经博尔扎诺到梅拉诺和蒂罗洛。

不是幸福而是幸福的结果

他醒来，在冬天树林的寂静里，
鸟儿不唱歌的寂静，知道他将
一整天听不到自己的声音。他记起睡梦中

褐色的猫头鹰发出怎样的声音。
那男人在冰冷的早晨醒来，想着
女人。伴着些许欲望，更多的是意识到
物是人非。一月份的寂静
是他的双脚在雪里的声音，和一只松鼠的叱责，
或是一只单身蓝鸦聒耳的叫声。
他有什么东西在那儿起舞，相隔，阴郁而缄默。
许多天在树林里，他疑惑这么长久以来
他在追寻的是什么。我们手牵手
进入黑暗的快乐，他想，
但独自被奖赏，正如我们结婚
而进入孤独。他走小路，一边做着陌生的
大脑的数学，扩大着精神。
他想起抚摸着她的双脚，当她奄奄一息。
最后四个小时，注视着她渐渐平息
当医院沉睡。记得他随后亲吻她时
她的头冰冷得令人震惊。
有光或更多的光，黑暗和更少的黑暗。
它是，他认定，一种无法定义的品格。
多么奇怪地发现一个人带着心活着
就像一个人伴着妻子活着。甚至许多年后，
没有人知道她是什么模样。心
有它自己的生命。它摆脱我们，逃避，
雄心勃勃而不忠诚。无法解释地绝迹了
八年之后，不必要地繁盛起来，已经太晚。
像白色树林里随意的寂静，
在雪中留下踪迹，他无法辨识。

从巴黎眺望匹兹堡

他心的船儿系在古老的
石桥上。搁浅在太平洋山上，
晨雾浓厚，一派苍茫弥漫山岭。

在普罗旺斯夏日前奔跑。作为一个秘密
溺死在宽广的孟农加希拉河里。
永远地累累负载着橡树街和翁布里亚。
"有怪物。"他们警告，在旧地图的
空白处。但真正的危险是海洋的
不足，遍及整个空虚水域的
无意义的重复。平静，风暴，又平静。
对人类来说太贫瘠。我们逐渐知道
我们自己，作为无尽丰富的
大陆和群岛。他在一只木船的
座位里等待。停航，也许在坚持。
轻柔地颠簸，摇动。周围是
一船的灵魂和天使。令人惊讶，幽灵
用年轻男孩的清晰嗓音在歌唱。
众天使击掌作拍。当他守望着
早晨，守望着黑暗让路，显示
他的降临，新的国，他的故土。

细事的马槽①

我们被天地间荒谬的过度所包围。
被无意义的庞然大物，广大而无尺度，
强力而无序。固执的重复，
在场但不被感觉到。
精神没有什么可以结合。仅仅现象
及其物理学。无穷无尽，持续的无穷无尽。
没有栖息地让大脑在那儿辨认出它自己。
与心没有什么相关。无助的复制。
恐惧于没有一个活着。
没有红松鼠，没有花，甚至没有草。
无物知道是什么季节。
星星不因为意识而发生屈折变化。
模仿而无含义。我们独自看到鸢尾花

在陌室前抵达它的完美状态
又迅速凋零。羊羔生于幸福，
复活节时被吃掉。我们被强大的爱
保佑，但它消逝。我们可以哀伤。
我们活着片刻存在的陌生，
但我们仍然因暂时的存在而兴奋。
其间壮丽的意大利。存在的短暂，存在的
卑微这个事实，才是我们的美的来源。
我们是独一无二的，从噪声中制造音乐，
因为我们必须匆忙。我们在宇宙的
虚无荒原里，收获孤独和渴望。

注 ①：马槽（The manger of incidentals）指耶稣的马槽，根据《圣经》，
玛丽亚"生了头胎的儿子，用布包起来，放在马槽里"（《路加福音 2：
7》）；细事（incidentals）在诗中指所有美丽的细节，如陌室前的鸢尾
花。

缅 甸

用尽，误导，欺骗。我们的时间总在变短。
我们珍惜的总是转瞬即逝。我们热爱的，
或早或晚，变了模样。但片刻间，我们能够
领略我们的来生。欣喜它的呈现
在缺失中。为我们被允许想念它而感激，
满怀感激即使它在减少。
因为知道它就在那儿。像女人在雨天
有时冲进卧室里哭泣，为失去
她们爱过的第一个男子。像一个男人想起
在楼上窗边向外张望的年轻女子，他曾看到，
短暂地，当他驱车穿过一个沉睡的村庄。
或者记忆中那片明亮：那家废弃的旅馆，
侍者穿着一尘不染的白工装，赤脚。
优雅的餐厅一片寂静，除了

雨落在白铁桶里的声音。而
头顶上巨大的风扇，带着破裂的叶片，
在炎热里转动，发出沙沙声。还有刮擦声
在宽敞的露台上的枯叶堆里。
偶尔有碎玻璃的清脆声音。
一切都是祝福。一切都在那儿。那时一切都存在。
像一个巨大的钟长久地回响着，在你听不到之后。

喜爱沙粒和一切

是那些附带的事物越来越
让他思念，而他为此担心。
那条单线铁轨蜿蜒进入十二月
光秃秃的树林，没有房屋——
为什么这些对他重要？又为什么
那些失败的让他信任？是因为
匹兹堡仍然缠绕他心中，以至于
他墙上有那幅上帝的头颅
被丛林根部撕碎的画？也许
在那个野蛮的城市长大，让他
喜爱沙粒和一切
他在大而锈蚀的钢厂里看到的东西。
也许是这个原因让他最终搬出了
巴黎。也许是很久以前
那些冬天的严酷，如今
让他不安，当人们经常笑起来。
为什么情欲如此重要。不像快乐
而像是抵达更暗之物的一种方式。
追寻着灵魂，寻找出天堂之铁
当这劳作正接近完结。

以上译自诗集《拒绝天堂》(Refusing Heaven, 2005)

杰克·吉尔伯特：
他的女人，他的诗，他的漫游和隐居

柳向阳

我们不能用通常的眼光看待杰克·吉尔伯特。

他从小受苦，但成年后对世事漫不经心；他凭处女诗集一举成名，但他避名声如瘟疫，一离诗坛就是十年二十年；他一生中有过许多亲密的女人，但大多时间是孤独一人生活；他在匹兹堡出生长大，但长期在希腊等地漫游，在旧金山等地隐居。更有甚者，刚过完八十岁生日他就宣布："我还不想过平静的生活。"

这就是杰克·吉尔伯特！

2005 年，诗人莎拉·费伊（Sarah Fay）对八十岁的吉尔伯特进行了长篇访谈，在序言中说："在杰克·吉尔伯特参加公共朗诵的少数场合——无论是纽约，匹兹堡，还是旧金山——并不意外的是，听众中有男人有女人告诉他：他的诗歌曾经怎样挽救了他们的生活。在这些集会上，或许还能听到关于他的野故事：他是个瘾君子，他无家可归，他结过几次婚。"费伊专门替吉尔伯特作了澄清："现实生活中，他从未吸毒成瘾，他一直贫穷但从未无家可归，而且，他只结过一次婚。"

一

吉尔伯特（Jack Gilbert）1925 年生于匹兹堡，十岁丧父，开始与叔叔一起帮别人家薰除害虫。高中辍学，开始挣钱养家：上门推售"富乐"牌刷子、在钢厂上班，还继续帮别人家薰虫。"氰化物闻上一口就能把你薰倒，几分钟你就死了，"他几十年后感叹说，"这样长大真是让人恐怖。"他在《拒绝天堂》一诗中讲到匹兹堡河流沿岸的工厂，他曾在那儿工作，"并长成一个年轻人"。后来，由于校方的笔误，他被录取到匹兹堡大学，1947 年毕业，获学士学位。吉尔伯特在匹兹堡大学遇到他的同龄人、诗人杰拉德·斯特恩(Gerald Stern)，于是开始写诗。

吉尔伯特离开大学即开始了他的浪迹天涯之旅：先到巴黎，并为美国《先驱论坛报》工作。《在我身上留下了多少？》回顾了这段生活：

> 我记得荒凉而珍贵的巴黎冬天。
> 战争刚刚结束，每个人都又穷又冷。
> 饥肠辘辘，走过夜间空荡荡的街道
> 雪花在黑暗中无言地落下，像花瓣
> 在十九世纪的末期。

后来他又去了意大利；在那儿遇到了吉安娜·乔尔美蒂，他生命中的第一场伟大爱情。但没有结果：女孩的父母对吉尔伯特能否为女儿提供经济或家庭保障产生了怀疑，劝他主动放弃。于是吉尔伯特收拾行囊，回到美国——旧金山——他的诗人生涯或者说隐士生活正式开始。吉尔伯特后来为她写了多首诗作。这本诗集中收录了题献给她的一首《拥有》、写她的一首《一次感恩起舞》，另有几首诗中提到她。

五十年代的旧金山，一场反传统的文化运动正方兴未艾。吉尔伯特在旧金山一住就是十年(1956-1967)，经历了"垮掉的一代"和嬉皮士运动。其间参加了杰克·斯帕舍在旧金山学院举办的"诗歌魔术"车间，还与金斯堡等人做了朋友。据说，吉尔伯特开始一直不大喜欢金斯堡的诗，后来有一天金斯堡在吉尔伯特的小屋里大声朗读了刚写完的两页诗，吉尔伯特一下子就喜欢上了；这就是《嚎叫》的开头部分。这本诗集中《被遗忘的巴黎旅馆》一诗讲到了他与金斯堡关于诗歌的"真实"，也就是诗歌存在的意义的看法，颇堪玩味：

> 金斯堡有一天下午来到我屋子里
> 说他准备放弃诗歌
> 因为诗歌说谎，语言失真。
> 我赞同，但问他我们还有什么
> 即使只能表达到这个程度。

在旧金山，吉尔伯特的浪漫史中出现了两位女诗人。一是劳拉·乌列维奇(Laura Ulewicz, 1930-2007)，与他同为"诗歌魔术"车间成员。另一位就是琳达·格雷格(Linda Gregg, 1942-),当时旧金山学院的学生,他的生命和诗歌中最重要的女人;也是他终生的好朋友。琳达本人也是一位非常优秀的诗人,他们的诗歌有诸多共通之处,包括对共同度过的青春岁月的描述,类似的写作技法,以及诗作中的相互指涉和引用,对照阅读,别有一番滋味。

二

1962 年,37 岁的吉尔伯特出版了处女诗集《危险观察》(Views of Jeopardy),一鸣惊人,转年获耶鲁青年诗人奖;并与罗伯特·弗罗斯特、威廉·卡洛斯·威廉斯的诗集并列获得普利策奖提名。《纽约时报》称吉尔伯特"才华不容忽视",西奥多·罗特克和斯坦利·库尼兹赞扬他的直接和控制力,斯提芬·斯彭德夸奖他的作品"机智、严肃,富于技巧"。他的照片甚至上了《魅力》杂志和《时尚》杂志。1964 年,吉尔伯特又获得一笔古根海姆奖金。当此时,吉尔伯特俨然是胜券在握,前程不可限量;他该是怎样地踌躇满志呢?——他消失不见了!一去二十年。

原来,他是要主动地放弃,正如他说的:"我不为谋生或出名写诗。我为自己写诗。"其实,读一读那部诗集中的《非难诗歌》一诗,你就会明白吉尔伯特从诗歌生涯一开始就具有的主动和自觉——这正是他的非比寻常之处。吉尔伯特讲过一件事:在旧金山时,斯帕舍和他在一起经常下棋,但老是输,有一天斯帕舍嘀咕好久,最后说吉尔伯特作弊,说得吉尔伯特摸不着头脑:下棋怎么作弊?总不能把你的棋子给拿掉吧。最后斯帕舍说:"你作弊——你在想,你死认真。"其实,"死认真"是点到了吉尔伯特的核心!他一生中一直是"死认真"地过着他自己认定的生活,不为世俗所动。

他去了希腊,和他的伴侣、诗人琳达·格雷格一起,生活在帕罗斯岛和圣托里尼岛,中间曾到丹麦和英国短住。"杰克想知道的一切,就是他是清醒的,"格雷格说,"他从来不关心他是不是很穷,是不是要睡在公园凳子上。"吉尔伯特后来回忆他们在希腊的时光时说:最美好的就是她的金发与雪白肌肤与碧海的辉映、她准备午餐时忙碌的身影、两人在岛上伊甸园里的徜徉。但他们的爱正一步步走向尽头。《失败与飞翔》一诗用伊卡洛斯的故事隐喻了他和琳达的恋情。六年的海外生活之后,这对伴侣回到旧金山,劳燕分飞。

吉尔伯特旋即与日本女孩、雕刻家野上美智子 (Michiko Nogami, 1946-1982)结婚;吉尔伯特在日本立教大学教书,一直到 1975 年,他与美智子一起开始了周游列国。1982 年,也就是他的处女诗集出版二十年后,在他的朋友、编辑戈登•利什的支持下,吉尔伯特出版了第二本诗集《独石》,又一次获普利策奖提名并进入终评名单。同年,十一年的婚姻之后,美智子病逝。吉尔伯特两年后出版了献给她的一本纪念册《美智子我爱》(Kochan, Tamarack Editions, 1984),收入九首诗作(附美智子的四首诗作)。此后一去十年。

三

美智子去世后的十年里,吉尔伯特在各地任教,继续写诗,其中许多诗作是对美智子的怀念;这些诗作收入他的第三本诗集《大火:诗 1982-1992》,1994 年出版。这本诗集包括了《大火》、《美智子死了》、《在翁布里亚》、《罪》、《被遗忘的内心方言》、《起舞的但丁》等诸多名篇。其中《美智子死了》、《起舞的但丁》自不必多说,即是《在翁布里亚》这首短诗,一个有些茫然失措而又风致楚楚的少女,"不管怎么说她很得体",也实在让人动心。《大火》备受好评,获雷曼文学奖。在 1996 年雷曼基金会举行的一次朗诵会上,有人问到他长期消失的原因,他只是简单地说:他爱上了琳达和美智子。但他没有告诉别人:他接下来又是十年的消失不见。

十年过去,八十岁的吉尔伯特又浮出水面,出版了他的第四本诗集《拒绝天堂》(2005),献给陪伴他最长时间的两位女人:琳达•格雷格和野上美智子。这本诗集收诗八十七首,包括了他的一些最强有力的作品,被诗人自己认为是他至今最好的一本诗集。其中名篇,在译者看来,《简单的辩护》、《曾几何时》、《拒绝天堂》、《被遗忘的巴黎旅馆》等自不待言,其他如《公鸡》、《失败与飞行》、《罪过》、《在我身上留下了多少?》、《天堂末日》、《三十种最爱的生活:阿玛格尔》、《只在弹奏时音乐才在钢琴中》、《一次感恩起舞》、《起初》等等,也都是非常优秀的诗作。当然,这只是译者的偏好,每个读者都会找出自己喜欢的篇目。

《拒绝天堂》出版后受到欢迎,获全国书评奖诗歌奖、《洛杉矶时报》图书奖,诗人接受了《帕里斯评论》等刊物的访谈。"杰克像一条泥鳅一样跳起来了。"《纽约客》诗歌编辑爱丽丝•奎因说。杰克这次跳得有多高?我们只要读一读第一首《简单的辩护》这三行就知道了:

> 如果上帝的机车让我们筋疲力尽,
> 我们就该感激这结局的庄严恢宏。

我们必须承认，无论如何都会有音乐响起。

事实上，吉尔伯特是愈老跳得愈来劲：2006 年在英国出版了一本诗选《越界》，又出版了一本诗册《艰难的天堂：匹兹堡诗章》，2009 年出版了诗集《独一无二的舞蹈》。

四

吉尔伯特身上有一种明显的浪子情怀，不事世俗，但与"忍把浮名，换了浅斟低唱"式浪子不同，吉尔伯特是别有所求——"我想要某种为我自己的东西。"他清醒地知道自己想要什么！他甚至不愿为诗歌而改变自己。"我想以一种我能够真正体验的方式活着。"为此，他走过欧洲、亚洲、南美洲许多贫穷的地方，许多年过着苦行僧一样的生活，甚至一个人生活在树木里两年之久……他一直过着另类而认真的生活。

他在 2007 年接受访谈时说："我过的生活如此丰富，在许多方面。依靠陷入爱情。依靠保持贫穷。我在这么广的地域内过的生活都保持了本然的自己……我过了非同一般的生活。"但我们要问：他看到了什么？他经历了怎样巨大的孤独，怎样的考验？包括"道德"正确性的考验？他怎样挣扎，怎样反思自我，怎样为自己的行为辩护？读者透过这本诗集中一再触及这些问题、回答这些问题的诸多诗作，或许能深入吉尔伯特的广阔的内在世界。

吉尔伯特的诗，更多的是依靠"具体坚实的细节"或"实实在在的名词"，用笔偏疏偏碎，语言突兀，富于冲击力。他反对修辞化的诗歌。按他自己的说法，他的诗大多是关于洞察和认识，关于知识和理解，甚至他的爱情诗也往往是关于爱情或婚姻的一些洞察。他曾专门提到中国古典诗歌对他的影响："首先对我的诗产生影响的是中国古诗——李白、杜甫——因为它有这种非同寻常的能力，让我体验到诗人正感觉着的感情，而做到这一点没有任何凭借。我对此着迷：以少少胜多多。"

吉尔伯特曾说："我的生活都致力于认真地去爱，不是廉价地，不是心血来潮，而是对我重要的那种，对我的生命真正重要的，是真正地恋爱。"甚至，在他假想的生命结束、随天使离开这一场景中，"他所说的只是他可否留个便条"给三个女人（《天堂末日》）。他关于爱情和女人的诗作，如评论所说，"是悲伤之爱的闪光，为这个偶然的、受伤的世界而闪现。"智性，纯粹，堪称完美。有时纯粹至极，美得让人揪心，像收入 2009 年诗集《独一无二的舞蹈》中的那首《爱过之后》。

生命偶然，青春短暂，这个世界充满了悲哀、死亡甚至屠杀。吉尔伯特在诗歌中直面这些问题。他曾特别举出了《简单的辩护》一诗的开头几行，加以解释："我们一定不能让悲惨抢走我们的幸福……重要的是在这个世界上能够继续保持幸福或快乐；不是要忽略其他那些事情，而是要认识到我们必须在这个糟糕的平台上建设我们的诗歌。"反过来说，就像他在诗中所说："如果我们否认我们的幸福，抵制我们的满足，／ 就会使他们遭受的剥夺变得无足轻重。"

说到这里，我想到赫塔•米勒，她"以诗歌的浓缩和散文的坦率描绘了被剥夺者的风景"。我们该怎样理解被剥夺或被驱逐（者）的生活的意义或重量？琳达•格雷格有一首诗写到米莎和约瑟夫•布罗茨基，或许有助于我们理解这一问题：

> 他们坐在一起，两个被驱逐者
> 用俄语谈论着怎样设计
> 他的《胡桃夹子》。米莎时不时站起来
> 跳上一两段，然后坐下
> 继续聊。他们已经知道
> 生活是悲剧的。那是他们的重量。

几十年来，吉尔伯特主动选择了漫游和隐居的生活，但他作为诗人，连同他的诗歌，却让许多人着迷。按费伊的说法："对于吉尔伯特的着迷，说到底，是对他的诗歌魅力的回应，但也反映出一种完全不考虑其文学命运和名声等惯例的人生的神秘之处。"因此，即使在美国，不仅有人支持他出版诗集，更有人不断地呼吁"重估"、"抢救"吉尔伯特。

最后，要提到他的第一本诗集，《危险观察》，如今已经成为爱诗者收藏的珍品：前些时候在亚马逊看到起价四百美元，最高一千五百美元。多年来，吉尔伯特断断续续地居住于麻省北汉普顿、旧金山、佛罗里达。在 2007年接受访谈时，他住在北汉普顿他的好朋友亨利•莱曼家里，过着一种朴素、孤独的生活；他在莱曼家住了九年（2000-2009），近年因为健康原因，已经转到加州伯克利的一家护理院居住。目前，他的诗全集正在编纂中，拟于明年春季出版。

2009 年 6 月初稿，2011 年 9 月修改

图书在版编目（CIP）数据

诗建设. 4/泉子编. –北京：作家出版社，2012.2
ISBN 978 – 7 – 5063 – 6282 – 5

Ⅰ.①诗… Ⅱ.①泉… Ⅲ.①诗集 – 中国 – 当代　Ⅳ.①I227

中国版本图书馆 CIP 数据核字（2012）第 020029 号

诗建设 4

主　　编：泉　子
副 主 编：胡澄　江离　胡人　飞廉
责任编辑：贺　平
封面设计：金三山
装帧设计：曹全弘
出版发行：作家出版社
社址：北京农展馆南里 10 号　　　邮编：100125
电话传真：86 – 10 – 65930756（出版发行部）
　　　　　86 – 10 – 65004079（总编室）
　　　　　86 – 10 – 65015116（邮购部）
E – mail：zuojia@ zuojia. net. cn
http：//www. haozuojia. com（作家在线）
印刷：北京谊兴印刷有限公司
成品尺寸：170×240
字数：250 千
印张：15.75
版次：2012 年 2 月第 1 版
印次：2012 年 2 月第 1 次印刷
ISBN　978 – 7 – 5063 – 6282 – 5
定价：25.00 元